蔡春猪 著

爸爸爱喜禾

（纪念版）

新星出版社　NEW STAR PRESS

谨以此书
献给我勤劳善良勇敢的妻子

目录

序言：小蔡和喜禾二三事~刘仪伟

给儿子的一封信

英雄句短·父亲篇

1 礼物 ≈ 003　　2 老天爷 ≈ 010　　3 原地待命 ≈ 015

4 起跑线 ≈ 021　　5 密码 ≈ 026　　6 找不同 ≈ 034

7 《史记》 ≈ 041　　8 忍！ ≈ 048　　9 明天 ≈ 055

10 玩笑 ≈ 061　　11 喜禾星 ≈ 067　　12 谢谢海子 ≈ 072

13 执子之手 ≈ 077　　14 皇室风度 ≈ 084

15 泯然众人矣！ ≈ 089　　16 幼儿园记 ≈ 094

17 "自闭症之父" ≈ 101

一个父亲的猜想·喜禾篇

1 爸爸 ≈ 109　　2 妈妈 ≈ 112　　3 朋友 ≈ 114

4 奶奶 ≈ 116　　5 另一个星球 ≈ 118　　6 你们猜 ≈ 120

7 天才儿子 白痴爸爸 ≈ 122　　8 太姥姥 ≈ 124

9 我和我的弟弟妹妹 ≈126　　10 姥姥 ≈129　　11 我瘦了 ≈131

12 爸爸也瘦了 ≈134　　13 小鸡鸡 ≈136

14 我的悲伤 ≈137　　15 我知道很多 ≈139

16 我写的第一首诗《爸》≈141　　17 圆 ≈143

18 我去动物园 ≈145　　19 爸爸把饼干变没了！≈147

20 爸爸的神奇裤兜 ≈150

自闭症的十万个为什么

为什么他跟我们不一样？≈155

为什么叫他名字没有反应？≈158　　为什么他总在动？≈161

为什么会这样？≈163　　为什么他不看你的眼睛？≈165

为什么他不是天才？≈167　　为什么他没有感情？≈170

为什么他对人没兴趣？≈173　　为什么他不说话？≈176

为什么他是最好的公民？≈180　　为什么说他跟你一样？≈183

写给喜禾的一封信~崔永元
小蔡才是那个少年~蔡明
后记

序言
小蔡和喜禾二三事
刘仪伟

据多方考证,小蔡的确是喜禾的爸爸。

但是,以我私人的意见,小蔡无论如何也算不得一个合格的爸爸。

喜禾是在东北他妈妈的老家出生的。身为父亲的小蔡当时并不在他们母子身边,一个人待在北京独享初为人父的喜悦。然后,小蔡去探了一次班,对母子俩说了一些通俗易懂的过年话,时间不长,就借口一个湖南人实在承受不起每天吃饺子假装天天过年的美好生活,旋即回到北京。

我笑话小蔡,因为他觉得沉浸在对喜禾对喜禾妈妈无限的思念中的那一种幸福才是真正的幸福。因为这份幸福既纯粹又轻松,没有婴儿半夜里毫无征兆的突如其来的啼哭,没有换尿布时小心翼翼又慌手忙脚的琐碎,更不用不知所措痛心疾首地面对婴儿在所难免的偶来小恙……

把这一切都交给喜禾的姥姥姥爷吧！毕竟他们养育过喜禾妈妈，更有经验。

喜禾不到百日，喜禾妈妈也回到北京，回到自己的工作岗位。

我常不自量力，在小蔡面前往往以兄长自居，关于喜禾的事，时常不自觉地责备小蔡。小蔡每次见我，都会带来一两个将喜禾放在东北的自以为是的理由。

后来，他终于找到了一个令我无从反驳的理由：对小孩子学习普通话有好处。

喜禾待在他爸爸小蔡身边学不好普通话是毋庸置疑的。好吧，那就在东北成长吧！

喜禾，即使学不到标准的普通话，至少你能够学好地道的东北话。将来混不进政界、商界、学术界，至少咱拥有演小品的天然优势，没准儿能够弥补你爸爸你刘伯伯你郭德纲叔叔永远上不了春晚这个莫大的遗憾。

可惜，喜禾身在东北，却没有学好普通话，甚至连说话都没有学会。我尝试开导小蔡，男孩子说话晚，正常。听说在遥远的雪域西藏，一个男孩子也是从小不说话，直到十六岁，突然张口，不说则已，一说惊人，居然一口气背诵全本史诗《格萨尔》！

小蔡是个乐观豁达之人，他比我更愿意相信这个故事。

喜禾两岁的时候，终于回到他爸爸妈妈的居住地北京，开始了和他爸爸妈妈、刘伯伯以及众多叔叔阿姨一样的没有当地户籍的客居生活。早点儿回来也好，早点儿把社保医保这些东西弄好，免得以后孩子长大了不让买房子。

北京立刻接纳了喜禾，但北京的医学专家却告诉喜禾的爸爸妈妈，喜禾是一个自闭症孩子，他与众不同。

喜禾爸爸小蔡用了近四十年时间，读万卷书、行万里路，也曾委曲求全，也曾鸡鸣狗盗，也曾破釜沉舟，使尽浑身解数，为的就是某日在芸芸众生里能够脱颖而出，博得与众不同。

喜禾，你真厉害，才两岁，就凭医学专家的一纸诊断立刻达到甚至超越了你爸爸至今或许还没有达到的高度。

凡是有孩子的人，都能够体会到小蔡及家人当时的感受。唯一值得欣慰的是，专家表示，根据全球范围的缜密统计，自闭症儿童大多出现在高级知识分子家庭。

小蔡是在电话里告诉我他荣升为知识分子这个消息的。我很惊讶他当时的态度，没有沮丧，没有绝望，没有愤怒，甚至没有抱怨，他只是淡淡地对我说："我想我的生活就要从此改变了。"

小蔡，喜禾妈妈现在不工作了，她要全心全意照顾喜禾，而你必须要学会照顾她；

小蔡，你的剧本不能一拖再拖了，你们的喜禾需要以你的智慧换回来的稿费；

小蔡，以后你要肩负代表我们世俗人类，和老天爷送给你的这个超凡脱俗的孩子交流的责任，教导他"既来之，则安之"，就按照我们俗人的既定方针办吧！

小蔡，前面的路还很长，你不能太胖了，不能再吃炸鸡翅了，注意锻炼身体啊……

小蔡，老天爷把喜禾交到你和喜禾妈妈手里，喜禾是幸运的；

小蔡，你们拥有了喜禾，你们也是幸运的，难道不是吗？你一直想出版一本自己写的书，而喜禾以他独特的不可复制的方式帮你实现了这个夙愿。

每一个孩子都是一个奇迹。

喜禾，是一个神迹。

给儿子的一封信

吾儿喜禾：

这封信本来打算你十八岁的时候写给你的。你在外地读大学，来信问我对你找女朋友一事的看法。我再次重申，大学四年是人生最美好最宝贵的四年，应该用在有意义的事情上，要以恋爱为重。至于学习，如果还有时间，就去抄抄同学作业。

这封信提前了十六年。提前十六年写的好处是：有十六年的时间来修改、更正、增补；坏处是：十六年里都得不到回信。

提前十六年写这封信，确实有难度——不知道收件人地址怎么写。因为你就住在我家里。虽然没有法律规定收信人和寄信人的地址不能相同，但是邮递员会认为你父亲脑子有病。

吾儿，我能想到你收到这封信的反应——你撕开信封，扯出信纸，然后再撕成一条一条的，放进嘴里咽下去。

你这么做，我认为原因有三：一，信的内容让你生气了；二、你不识字；三、你是自闭症，撕纸就是你的一个特征。

不知道你是哪一点，盼回复。

一年三百六十五天，每天都差不多，但是因为有人在那天出生、上大学、结婚、第二次结婚……那一天就区别于另外的三百六十四天，有了纪念意义。吾儿，你也一样，在你的生日之外，还有一天，对你父亲和整个家庭来说，都意义重大。你父亲的人生方向都来了一个一百八十度的大转弯——那天，你被诊断为自闭症，你才两岁零六天。

那天凌晨两点，我就和你母亲去医院排队挂号。农历新年刚过，还是冬末，你母亲穿了两件羽绒衣还瑟瑟发抖。

在寒风中站到六点，你母亲继续排队，我开车回家去接你。到家把你弄醒后，带上你的姥姥，我们又匆匆赶回医院。那天你真可爱，一路上"咯咯"笑个不停，一点都不像个有问题的孩子。你姥姥本来就不同意带你去医院检查，半路上就说不去了。但我还是要带你去。

你都两岁了，不会说话没叫过爸爸妈妈，不跟小朋友玩，也不玩玩具——知道你是想替父亲省下买玩具的钱，但有些玩具是别人送的你玩玩没关系的；叫你名字你从来都没反应就像个聋子一样，但你耳朵又不聋；你对你的父母表现得一点感情都没有，很伤我们的心。

你成天就喜欢进厨房，提壶盖拎杯盖的，看见洗衣机就像看见你的亲爹。你这个样子我怎么能放下心？

到了医院才知道，你母亲差点儿白排一晚上队了，中间进来几个"加塞儿"的眼吧把你母亲挤掉。你母亲急了撂下一句狠话："如果我今天看不成病你们谁也别想看成！"你母亲字正腔圆的东北话发挥威力了。有个老头儿脱下假发向你母亲致意。还有一个人则唱起了赞歌："这个女人不寻常。"

吾儿，在大厅候诊的时候我们很后悔，怎么带你到这个地方来了：一个十来岁的女孩一直都很文静却突然大声唱起"老鼠爱大米"；一个七八岁的男孩一直在揪自己的头发——揪不下来就说明不是假发但还要揪；还有一个十来岁的男孩一直在候诊室晃荡，不时笑几声，笑得让人发毛……

北大六院是个精神病医院，我们不该带你来这个地方的。

好在很快轮到我们了。你像是有所感觉，开始哭起来，死活不肯进诊室。

给你检查的医生是个专家，我们凌晨两点来排队就是想给你最好最权威的。专家确实是专家，跟我们说的第一句话就很不一样："等一会儿，我接个电话。"专家打电话也很有风格，干脆简短："不卖！以后别给我打电话了，烦不烦！"

但是我希望专家跟我们说话还是别太简短了，最好婆婆妈妈多问几句，我们凌晨两点排队不能几句话就给打发了。

专家问了你很多，但我们都代劳了。你太不喜欢说话了，以听得懂为标准：迄今为止你还没说过一句话。你不能跟小狗比，小狗见到我会摇尾巴，你有尾巴可摇吗？

专家还拿了一张表，让我们在上面打钩打叉，表上列了很多问题，例如是不是不跟人对视、对呼唤没有反应、不玩玩具……符合上述特征就打钩。吾儿，每打一个钩都像在你父母心上扎一刀。你也太优秀了吧，怎么能得这么多钩？！

专家说，你是高功能低智能自闭症——吾儿，你终于得到了一把叉了，还是一把大叉，叉在你名字上。你的人生被否决了；你父母的人生也被否决了。

专家说完，你母亲说了三个字："就是说……"

就是说什么啊！

就是说可以高高兴兴去吃早餐了？

就是说将来不用为重点小学发愁了？

就是说"希望在人间"？

还是就是说："医生，吓人是不符合医德的哦！"

吾儿，你母亲当时只说出了"就是说"三个字，之后就开始哭了。专家拿出了人道主义精神，说："也不是完全没有希望。"

人道主义是催泪弹。你母亲泪如泉涌——哇塞，也太多了吧，我看她以后三年都没泪可流了。

我问专家："自闭症是什么原因造成的？"

专家说了很多很多，什么神经元什么脑细胞……我不想知道这些医学术语。

我对专家说："您就简单说吧。"

专家去繁就简，一言二字："未知。"

"那怎么医治呢？"

专家曰："无方！"

不知道病因，又没有方法治疗，这是什么医院啊？！

正如专家所说，也不是完全没希望。有几家康复机构可以选择。专家开始化身指路神仙了，机构分别叫什么在哪儿怎么去。你知道的还不少啊，专家。

"入机构就能康复吗？"你父亲又问专家。

专家说："目前世界上还没有一个完全康复的案例。"

吾儿，你知道"绝望"有几种写法吗？你知道"绝望"有多少笔画吗？吾儿，你还不识字，将来你识字了，我希望你不需要知道这两个字几种写法多少笔画，你的人生里永远不需要用这两个字来表述。

专家说你这病是先天的,病因未知。就是说,你姥姥姥爷把你带大,免责!你父亲母亲把你生出来,免责!我们都没有错,有错的是你?!

是你父亲母亲的错,吾儿,父母亲把你生下来,让你遭受这种不幸。

吾儿,知道那天你父亲是怎么从医院回的家吗?对,开车。你说对了。

你父亲失态了,一边开车一边哭,三十多年树立的形象,不容易啊!那一天全给毁了。你父亲一边开车一边重复这几句话:"老天爷你为什么这么对我?我做错什么了?"

你的姥姥双唇紧闭,一言不发,把你抱得紧紧的,就像在防着我把你扔出窗外。

你的母亲没哭,她没哭不是因为比你父亲坚强——车内空间太小,只能容一个人哭。你父亲哭声刚停,你母亲就续上了,续得那么流畅自然。难道这就是江湖上失传已久的"无缝续哭"?

吾儿,到家后你父亲没有上楼,你母亲你姥姥抱你上的楼,你父亲还有几个电话要打。第一个电话打给你在哈尔滨的姥爷。你出生后不久,你不负责任的父母把你扔在哈尔滨,自己在北京享乐。这两年都是姥姥姥爷带的你。你父亲要打电话跟你姥爷解释:你现在这样不是他们带得不好,你在他们手上得到了最精心的照顾呵护,我要深深感谢他们。

第二个电话打给你在湖南的爷爷奶奶。这事跟他们不太好说。后来发现不用怎么说,只要说个开头就可以了:"你孙子将来可能是个傻子……"电话那头就开始哭了。Ok!电话别挂,放一边,吃完晚饭回来,再拿起电话,还在哭。电话还是别挂,放一边,吃宵夜去。

后面几个电话是打给你的大伯二伯,还有你的姑姑。他们的表现?你姑姑跟你奶奶一样,两个伯父表现不错,至少没哭。

父亲的朋友圈里,第一个电话打给了你胡吗个叔叔,他是你父亲的死党。胡叔叔还没生小孩呢!吓吓他,吓他以后不敢生小孩,收你为义子,他的房子车子将来就都是你的了。

你父亲还想打电话,却发现没人可打,电话里存了二百多个号码,跟谁说?怎么说?"嘿,兄弟,我儿子是自闭症……""嘿,姐们儿,你听说过自闭症吗?"

那天你父亲哭得就像个娘们儿,花园的草看到了,你父亲可以拔掉;树也看到了,你父亲没办法,它们受《植树法》保护。杀人的心都有,却奈何不了一棵树。力拔山兮气盖世，时不利兮树不逝。

吾儿，一个人不吃饭光喝水七天不会死你知道吗？这点应该不需要你父亲验证，所以第二天你父亲就进食了。

吾儿，自打从医院回来，你父亲发现家里面可以坐的地方多了。台阶上，坐；门槛上，坐；玩具车上，坐。到哪都是屁股一坐。

吾儿，你父亲做错过很多事，但最正确的就是跟你母亲结婚。你父亲未必伟大光荣正确，但你母亲确实勤劳善良勇敢。你母亲为了照顾你，果断地把工作辞了。

吾儿，你父亲只是三日沉沦。沉沦三日，他马上振作了。

振作的标志就是：又开始肆无忌惮地开玩笑了。

吾儿，你父亲每天在微博上拿你开玩笑，不是讨厌你，是太爱你了。你举手投足都是可爱，你父亲胡言乱语也都是爱。希望你明白。

吾儿，你收到这封信后，我知道你会把信吃掉。你爱吃饼干，但我找遍了全世界，也没找到饼干做的纸。Sorry。所以你就别在意口感了，至少比烟头泥土好吃吧，你又不是没吃过。

信里面絮絮叨叨说了很多医院的事，那些事情忘不了，索性写出来,你吃掉,以后也就没有了。

那些都是你的过去,不是你的现在,更不是你的将来。现在你一天比一天进步,我看在眼里乐在心里。

你势头很猛啊,小朋友,不得了啊!

照此发展,你八十岁的时候就可以说:"其实我也是个普通人嘛!"有的人八十岁还未必能达到,不经过努力、没有奋斗能成为普通人吗?

你父母也是普通人,一生下来就是,到死还是,一点变化都没有,无趣。所以,虽然你最后还是沦为普通人,但你的一生比你父母有趣多了。

不许骄傲!

我对你曾经有很多期待和愿望,这些期待和愿望有的冠冕堂皇上得台面,比方你成为诺贝尔奖文学奖获得者;比方你当上省委书记;比方你成为考古工作者……这些其实都是浮云,算不得什么,父母对你最大的期待和愿望是你能够成为一个快乐的人。这个愿望说大就大说小则小,但希望你能帮父母亲完成,我们也会尽力协助,但主要还是靠你自己。

你父亲年轻时,情书写得才华横溢,以为会收获爱,结果只得到两个巴掌,颇意外。

你父亲后来总结出的经验可以作为家训,世代流传下去:写给A的情书,务必装到A收的信封里,而不能是B收的那个信封。子孙后代切记!

但父亲这次给你写信,真情实感,句句发自肺腑,尤其没有装错信封。

希望能得到你的爱。

你的父亲
二〇一一年五月

@ **爸爸爱喜禾**：假设有一天儿子问我："爸爸，幸福是什么？"假设真的有那么一天，我说："我的宝贝，你会这么问，爸爸就很幸福了。"

@ **爸爸爱喜禾**：我这么高调地公开自己的儿子是自闭症，确实很矛盾。很多人都不愿意把自己的儿子推到前台。我想试试，看结果会如何。不好，就再往前推他一把，推到坑里去。

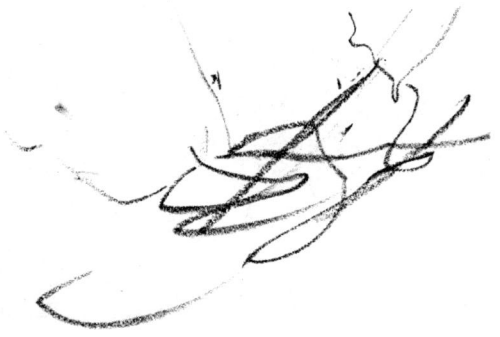

英雄句短·父亲篇

1 礼物

@ 爸爸爱喜禾：开车在四环路上，视线一片模糊。当医生说出"自闭症"三个字，我知道我胡作非为的日子过去了。我儿子两岁零六天，被诊断为自闭症。回家路上，四环滚滚车流掩不住我的哭声。郭敬明说对了，我的悲伤逆流成河！

@ 爸爸爱喜禾：儿子原来是个自闭症！再去看他这两年的成长过程，一些曾经让我们引以为傲的行为，曾经我们以为的可爱，却原来都是病症。回溯过去，点点滴滴都是伤心泪。

@ 爸爸爱喜禾：为什么会这样？为什么这么对我？我做错了什么？我一直在问，不停地问。没谁肯放慢脚步跟我说句话。一个抱小孩的妇女看到我痛苦如此，走到了我身边，轻轻地问了句："先生，要发票吗？"

@ 爸爸爱喜禾：我要发票！我要退货！

@ 爸爸爱喜禾：我头上有两个漩涡，据说这种人比较犟。犟归犟我不伤害别人。但谁想到命运也有漩涡，一下就把我还有我的家庭卷进去了。真他妈无力！

@ 爸爸爱喜禾：我想知道原因。医生说先进如美国，目前为止都找不到原因。废话，美国还找不到本·拉登呢！后来他们找到了，但全世界又找不到拉登尸体了。

@ 爸爸爱喜禾：其实找到了原因又如何呢？送一面锦旗——为人类的多元化做出了贡献？！

@ 爸爸爱喜禾：医生说自闭症发现得越早越好，六岁以前都可以治疗。至于六岁以后如何，他就没说了。后来庆幸自己没问，真怕他说出"六岁后你就习惯了"这句话来。

@ 爸爸爱喜禾：医生语焉不详地暧昧地给儿子下了一个结论，之后，又详细地明确殷勤地告诉你康复训练的机构叫什么在哪怎么去。就自闭症的诊断而言，我认为国内的医院都要更名为"问路院"。

@ 爸爸爱喜禾：医生推荐了几家自闭症的康复机构，我对其中一家有点儿兴趣，我问："是不是很远？"医生反问："你不是有车吗？"老婆以前总是质问我："油价这么贵停车费又涨了，不知道你非得买个车干什么？"现在知道我为什么买车了吧！女人就是头发长见识短，看我多有远见。嘿嘿！

@ 爸爸爱喜禾：这是一辆开了七年的赛欧，赛欧听到他将来的任务，倍感光荣，不禁嘶吼两声——熄火了。

@ 爸爸爱喜禾：就我所知，自闭症是唯一一个既无病因，又无法治疗，仅有诊断的所谓"病"。遇到这种病，感觉医院已经不是医院，是人民法院。

@ 爸爸爱喜禾：自闭症无需手术不需用药，所以也不存在红包回扣。其他方面的病人，医好了兴许还会给医生送面"妙手回春"的锦旗，看自闭症的医生得到锦旗的机会跟上月球差不多……这些医生们都"被高尚了"。

@ 爸爸爱喜禾：中国人喜欢说报应！报应就报应吧。就因为我年轻时辜负了几个女孩，就弄了个自闭症儿子给我，是不是量刑过重呢？死刑犯还有机会上诉，我能上诉吗？驳回上诉，维持原判！那我能监外执行吗？哦，也不行。那我越狱！什么？越狱是重罪，会加刑——就是说，如果我再生一个……好，我服从判决！

@ 爸爸爱喜禾："报应说"根本就是无稽之谈——特别是发生在自己身上的时候。说别人可以。

@ 爸爸爱喜禾："门缝里的风，骨头缝里的肉"，一个比普通的风更冷，一个比普通的肉更香。如果喜禾只是个普通孩子，也就是普通的肉，因为他的特别，他就成了骨头缝里的肉。但此刻，他多像是门缝里的风。

@ 爸爸爱喜禾：小风起兮泪飞扬。

@ 爸爸爱喜禾：王小波说，他们把这个世界弄得越来越只适合他们自己居住了。我的儿子，这就是你要自己单创一个世界的原因吗？

@ 爸爸爱喜禾：我怎么才能进去他的世界呢，我也想去那里看看。如果有意思，干脆我也搬到他们的世界去算了。

@ 爸爸爱喜禾：如果我搬去了他们的世界，会给儿子添麻烦吧！他会每天唉声叹气——"我这个爸爸怎么跟我们不一样，他是不是有问题，要不要带他去医院检查检查？"

@ 爸爸爱喜禾：从医院回来的路上，喜禾的姥姥说："给政府添麻烦了！"这叫什么话！怎么就给政府添麻烦了，添什么麻烦？顶多也就是给城管添了点麻烦——"喂喂喂，说你呢！这里不让乞讨你知道吗？"

@ 爸爸爱喜禾：从医院回来有三天，我这么一个不开玩笑就活不下去的人居然没开过一个玩笑，堪称世界第八大奇迹！每天眼泪汪汪的像个小媳妇。讨厌死自己了。我决定做回真正的自己——穿上了裙子。

@ 爸爸爱喜禾：儿子是自闭症，给几个朋友打电话，十个里面九个以为我在开玩笑。我急了，我说我会在这件事上拿自己的儿子开玩笑吗？

@ 爸爸爱喜禾：后来的事实证明，我不但开了玩笑，而且一直在开。有句话怎么说的？狗改不了吃屎。

@ **爸爸爱喜禾**：我喜欢开玩笑，凡事都是开玩笑的态度。这样做的好处是：大家愿意听我说话；坏处也显而易见：不相信我说的话。哪怕我只是念一段报纸。

@ **爸爸爱喜禾**：喜禾是自闭症，从好的方面想：他将来不会吸毒，不会有网瘾，不会反党反社会，不会早恋不会耍流氓……等我老了，还能拉着我的手，一起去看夕阳。

@ **爸爸爱喜禾**：创造喜禾这个小生命的那天是不是喝酒了？这件事非同小可，我回忆回忆。三年多前那个伸手不见五指的夜晚，我醉了想不起来有没有喝酒。

@ **爸爸爱喜禾**：他们说儿子是老天爷送给我的礼物。送礼物我欢迎，但最好事先去了解一下我喜欢什么样的礼物。你现在送的这个……我能考虑一下吗？

@ **爸爸爱喜禾**：小时候我家收到礼物，一到逢年过节，父母就会再转手送给别人……谢谢爹娘，我知道该怎么办了。

@ **爸爸爱喜禾**：他们谁都不要——拎着礼物我自己又回来了。送礼时我特意转了五趟汽车，打了六次瞌睡，上了七趟厕所，怎么礼物还在手上——小偷都死哪去了？

@ 爸爸爱喜禾：得知儿子是自闭症后，家里乱套了，连电视机都跟着捣乱，听到电视广告里分明在唱："今年过节不收礼，收礼只收脑白痴"。

@ 爸爸爱喜禾：收到老天爷的礼物后，我没忘给老天爷写一张字条：礼物收到，很喜欢，谢谢。你什么时候过生日啊，我也想送你一件礼物！

@ 爸爸爱喜禾：中国人最普遍的心态是恨人有笑人无。现在我有一个自闭症儿子，我有资本嘲笑那些没有的人了。

2 老天爷

@ 爸爸爱喜禾：一个亲戚打电话过来，直奔主题："怎么带的孩子，好好的孩子怎么就自闭了？"我说："他脑损伤。"显然她被我的话激怒了："也不看好孩子！从什么地方摔下来的？"其实我也想问医生："我老婆生孩子的时候是不是因为床位不够安排在楼顶上了，生出来又从楼顶掉了下来？要不然怎么解释他的现在？！"

@ 爸爸爱喜禾：无论是医生说的还是我自己查到的资料，都是这么一个事实：自闭症是先天的，跟后天一点关系都没有。喜禾三个月大的时候在我怀里脑袋被门磕了一下，我谁都没告诉，现在我可以坦然了。

@ 爸爸爱喜禾："先天"的说法，就像合同上注明的"不可抗拒力"，只要遇到的是"不可抗拒力"，就可无条件撕毁合同。我也想撕毁合同。

@ 爸爸爱喜禾：老婆怀喜禾时，该做的体检都做了，排除了唐氏综合征，排除了畸形儿……谢天谢地，生出来的时候一切正常。我们知道生一个健康的孩子多么不容易，喜禾一周岁时我们全家对老天爷感恩，感谢他的仁慈，感谢他的恩赐。出尔反尔、说话不算话，以为只有我们这些寻常百姓才这样，老天爷你可是有身份的人。

@ 爸爸爱喜禾：看美国电影的经验是，不到最后一刻不要说你知道了……我们家的美国大片上演了。主演：喜禾；导演：老天爷。二人首度合作，精彩无限。

@ 爸爸爱喜禾：我埋怨老天爷把我儿子设计成自闭症却不肯给我一个解释，是夜老天爷就以春梦的方式来跟我说，因为我的乐观豁达，一个自闭症的孩子会在我这里得到幸福云云。老天爷有河南口音还略带娇喘，很多字没听清。

@ **爸爸爱喜禾**：我只能妄加猜测：老天爷或许看中我会写文章，借此能引起社会对这个群体的关注；知道我在北京，就诊方便；还知道我家附近就有一个值得尊敬的自闭症康复机构——"北京星星雨教育研究所"。老天爷你知道太多了，就不怕我……

@ **爸爸爱喜禾**：有几天我一直叩问上天：你怎么可以这么对我？！灵验了，上天飘来一个塑料袋。掏塑料袋，发现里面还放着一卷磁带。回家找个收录机把磁带一放，磁带里传来一个浑厚的女低音："请问，我怎么就不可以这么对你了？"

@ **爸爸爱喜禾**：老婆说，老天爷为什么要这么对待我们？换位思考，站在老天爷的角度，他还觉得很委屈呢！他觉得这样已经是给我们打了很大折扣。既然老天爷这么够意思，这朋友我交定了。来，老天爷，咱哥俩初次认识，喝杯交杯酒。

@ **爸爸爱喜禾**：因为我善解人意所以我能换位思考，所以我能站在老天爷的角度想问题。但我也有一个小小的提议：老天爷可否站在我的角度考虑点问题？

@ 爸爸爱喜禾：得知喜禾自闭，很多朋友给我加油鼓劲，其中一个还是身家过亿的大老板。他祝福道："有了希望就有了一切。"忘了介绍了：刘先生，"希望"牌猪饲料企业的老总。

@ 爸爸爱喜禾：想到用"希望"来命名猪饲料的人真了不起。猪都靠希望活着，况人乎？！

@ 爸爸爱喜禾：一个信教的朋友安慰我说："主关闭了他的门，也给他留了一扇窗户……"我到窗前一看：下面怎么那么多人？还有人冲我喊——"跳啊！你赶紧跳啊！你怎么还不跳？！"我说："你跳我就跳。"他真的跳下来了——从小板凳上。我应该跟他换个位置的。

@ 爸爸爱喜禾：最带劲的一句安慰来自一个好友，他说喜禾是来成全我的。成全我什么？我前世欠一个自闭症孩子？

@ 爸爸爱喜禾：我前世欠一个自闭症孩子吗？我知道他家起过一次火，所有物品尽成灰烬。所以我理直气壮——我谁都不欠，要不你拿出欠条来？

@ 爸爸爱喜禾：有个家长鼓励我：自闭症不可怕，将来一样可以上学的，咱们只要拿出女性独有的韧劲来。她这么一鼓励我立马有了精神，描完口红我就带孩子去学校报名。

@ 爸爸爱喜禾：三天以来，在我低潮的时候给我安慰和鼓励的认识与不认识的朋友，谢谢了！三十年以来，在我人生中给我关怀温暖的亲人们，谢谢！由此上溯到一千八百四十年……太远了，跟我没关系。很多朋友对我对喜禾对我们家给了很多鼓励和建议，来不及一一感谢。在此一并致谢！

@ 爸爸爱喜禾：命运给我一记板砖，晕了不算本事。命运给我一记板砖，我拿去盖了个房子。

@ 爸爸爱喜禾：……哇！大事不好，我的房子盖在沙滩上了。

@ 爸爸爱喜禾：自闭症的最佳治疗期是六岁以前。儿子才两岁，我们还有四年时间。四年是美国总统的一届任期，我儿子在他的世界里或许正领导着美国呢。四年后，我希望他下台，从他的王国回到他中国父母的身边。

3 原地待命

@ **爸爸爱喜禾**：儿子被诊断为自闭症没几天，日本发生了大地震——当然不是说地球以这种方式为我鸣不平，我是想说，喜禾被诊断为自闭症，对我以及我的家庭来说，也是一场地震，有过之无不及。在地震面前，人类无力；在命运面前，我及我的家庭无力。

@ **爸爸爱喜禾**："让无力者有力，让悲观者前行"，这是《南方周末》的口号。在我举目无援的时候，它也切切实实帮到了我……今天儿子怎么拉了这么大一泡屎，《南方周末》该扩版了。

@ **爸爸爱喜禾**：日本发生地震后，紧接着就是海啸、核泄漏……我很担心，我们家会不会也发生海啸、核泄漏？如果会，什么时候来？

@ 爸爸爱喜禾：来了，海啸来了！为了更好地照顾儿子，老婆把工作辞了！

@ 爸爸爱喜禾：老婆去辞工作的时候，领导说："你儿子都这样了，你更应该指望在事业上干出点成绩了。"是的，左右你得挑一个。那挑一个最差的吧。

@ 爸爸爱喜禾：老婆的理想就是当一名家庭主妇。我问老婆，"你这个理想是不是跟老天爷聊过？"

@ 爸爸爱喜禾：我没什么理想，不过我对儿子有一些希望——希望他不用学习，有一个快乐的童年。现在看来老天爷错误地理解了我的意思——你说他是不是老糊涂了？

@ 爸爸爱喜禾：窃以为老天爷心地善良尤其爱帮人实现愿望——他就帮我老婆儿子各实现了一个。我的愿望很庸俗，有一辆法拉利。喂，老天爷同志，你还在听吗？

@ 爸爸爱喜禾：海啸来的时候，日本人还能跑……我接到命令：原地待命！

@ 爸爸爱喜禾：我一度庆幸自己只遭遇了地震海啸，没有核辐射……今天我妈打电话跟我说，她养的两只老母鸡被偷了。

@ 爸爸爱喜禾：喜禾的爷爷奶奶不相信自闭症这回事，"大了自然会好"就是他们的态度。喜禾的爷爷来北京看孙子，见到喜禾后就下了个结论："我看一点问题都没有。"不容讨论。小住几日后，喜禾爷爷回老家，上火车前的最后一句话是："我看确实是有点儿问题。"都说老人固执，但事实比老人更固执。

@ 爸爸爱喜禾：喜禾的奶奶其实很敏感，虽然一次都还没见过喜禾，但早觉得不对劲，喜禾一岁的时候问我："叫爸爸没有？"喜禾一岁半的时候问我："叫爸爸没有？"喜禾快两岁的时候问我："叫爸爸没有？"喜禾两岁的时候她都不问我了——直接去问了仙姑。

@ 爸爸爱喜禾：一开始喜禾的爷爷妄想说服我，每次打电话，都能举出例子说某某的孩子如何后来没事，某某的孩子如何后来也好了……他都七十岁的老人了，走村串户采集资料的时候别累着了。

@ 爸爸爱喜禾：儿子刚出生时打电话回去报喜，喜禾的爷爷在电话那头居然跳了起来。后来打电话说喜禾是自闭症，他又跳了起来。这么喜欢跳，以后干脆让喜禾叫他"袋鼠爷爷"。

@ 爸爸爱喜禾：喜禾的奶奶知道喜禾是自闭症后，动辄就哭，我劝她——"妈，别哭了，多浪费纸巾，以后你孙子用钱的地方多着呢，钱要用在刀刃上。"

@ 爸爸爱喜禾：现在喜禾的奶奶还是哭，不过改用衣袖抹眼泪了——好习惯，赞一个！

@ 爸爸爱喜禾：我妈最不放心最牵挂的人就是她的小儿子我。我也总有理由让她值得牵挂——早先我没结婚没成家她担心，我成家了有孩子她又要牵挂担心了。我是不是太孝顺了，总能满足她？

@ 爸爸爱喜禾：我跟我妈说，以后我可能没能力照顾你们二老了……俗话说养儿防老，养了儿子就能防老？这个道理他们现在终于知道了，不过我也只比他们早知道几个小时……

@ 爸爸爱喜禾：父母既然指望不上养我来防老，我也不好意思指望我儿子了。这叫什么——己所不欲勿施于人。

@ 爸爸爱喜禾：喜禾还没见过奶奶呢……打电话时我妈总是说，把电话给喜禾让他叫奶奶。半天没声，我妈问我喜禾在干什么？我说他在吃电话。

@ **爸爸爱喜禾**：微小说是用最少的字数讲最有信息含量的故事。那有没有微电话？一个字都没说但信息含量强过千言万语？喜禾被诊断为自闭症当天，我给我妈打了一个电话，简单说了几句话后就不出声了……将近一个小时，双方的听筒里都是静音。电话如果有监听，监听的人都会睡着。

@ **爸爸爱喜禾**：我家兄妹几个，我妈最喜欢的还是我，我总有本事逗得她开怀大笑……我现在还是说笑话，她却一听就哭。看来我讲笑话的水平不是一般的退步。

@ **爸爸爱喜禾**：老家有个十五岁的脑瘫，我大哥很爱逗他。我对大哥说，"将来你不许逗我儿子。"

@ **爸爸爱喜禾**：儿子是姥姥一手带大的，我们没怎么操过心……我可以保证，就我所看到的，没有谁比喜禾得到的照顾更好了。感谢岳母把我儿子带得这么好——一点讽刺的意思都没有。

@ **爸爸爱喜禾**：喜禾的姥姥年轻时是优秀共产党员、三八红旗手、铁姑娘……他们那一代人受党的影响很大。她会不会把喜禾当作党交给她的另一个任务去攻坚？

@ 爸爸爱喜禾：受我的影响，喜禾的姥姥也学会了拿自己的外孙子是自闭症来自嘲……在自嘲方面她太没有天赋了，总像是在说实话。

@ 爸爸爱喜禾：每次喜禾姥姥一自嘲，我就很内疚，其实老天爷更应该内疚——你看你把这么一个严肃认真不善言辞的老人逼到什么份儿上了？

@ 爸爸爱喜禾：喜禾是自闭症，带来的也不一定全是坏事，他爷爷七十岁的时候学会了上网——查自闭症的资料，之前他爷爷连手机都不会用。

@ 爸爸爱喜禾：我有个侄儿十一岁，历史地理军事政治人文，无所不知，号称"小百科全书"。这得归功于我哥嫂的教育，以及他本人的勤奋好学。但这只是一方面，客观条件也给他创造机会，比方现在，他比他同学又多了一些自闭症的知识。

4 起跑线

@ **爸爸爱喜禾**：有一句口号：不能让孩子输在起跑线上。儿子出生前我就说："我就要让我儿子输在起跑线上！"现在不是输在起跑线上的问题了——他倒在了起跑线上。

@ **爸爸爱喜禾**：能不能更改一下规则——站在起跑线上，不一定非要朝前跑……

@ **爸爸爱喜禾**：好消息，可以重新跑。各就各位——预备，跑！大家都箭一般冲出去了，喜禾还停留在原地——谁这么缺德，在他脚下洒502胶水了？

@ 爸爸爱喜禾："输在起跑线上"这句话看来被人下了咒，几个想法跟我一样也提过这个口号的家长，很不幸，他们的孩子，三个自闭症一个脑瘫……在此奉劝准爸准妈们，不要拿孩子的前途开玩笑。

@ 爸爸爱喜禾：未雨绸缪，我们不得不考虑十年后，二十年后，甚至我们老了之后的情况。一切都提前了。但把我老婆的更年期也提前就有点儿过了。

@ 爸爸爱喜禾：哈哈！那个把我儿子弄成自闭症的家伙太不了解我老婆了。我老婆很犟的，任何事只要她真的想做，都会有一个完美的结果。老婆辞职后专门在家带孩子，此刻正在啃大部头自闭症的书籍呢。"母兽勿惹"的道理没听说过吗？

@ 爸爸爱喜禾：老婆一直以来表现得都比我要坚强，我总是怨天尤人。多么好的老婆，选择跟她结婚还真是对了——不对啊，如果不跟她结婚我是不是就不会生这么一个孩子了？我怎么选择跟她结婚了？！

@ 爸爸爱喜禾：有句话一直想跟老婆说但几次都没说出口，儿子刚出生的时候；儿子三个月的时候；儿子一周岁的时候——"老婆，感谢你给我生了个好儿子。"现在说是不是有点儿故意？

@ 爸爸爱喜禾：报纸上说美国刮了一场巨大的龙卷风，甚至把一个孩子从他父亲手中刮走了。我真应该去美国的。

@ 爸爸爱喜禾：喜禾太胖太肥了，要减肥。龙卷风的力量还是有限的。

@ 爸爸爱喜禾：因为我说美国龙卷风的事，很多人以为我想抛弃喜禾。其实我没那个意思，尤其是看到美国那个父亲又把孩子找到了之后。去美国也没用。

@ 爸爸爱喜禾：带喜禾出门是件很危险的事，他奋不顾身往公路上冲，好在我们看得很紧。但难免有那么一天，他又冲向了公路，司机一个急刹车。司机怒斥："你脑子有病啊！"你说我要说实话吗？"是的，他脑子有病！"

@ 爸爸爱喜禾：看到卡车过来喜禾就想冲过去——别这样啊儿子，在咱们父子俩中间，如果有一个要冲向卡车，那也是你爸爸。你爸爸比你多一万个理由。

@ 爸爸爱喜禾：但爸爸不能冲过去——儿子，你还小，还不知道记车牌号。万一司机跑了呢？

@ 爸爸爱喜禾：没有谁比我儿子更痛恨小广告了，电线杆上的，水泥地上的，他都要揭下来，撕碎，再尝一下……儿子，你把小广告都撕了，将来去哪儿拿大学毕业证？

@ 爸爸爱喜禾：儿子趴在地上撕小广告的时候，有个大妈一直在旁边用奇怪的眼神看着我们父子俩，最后还是忍不住了，问我："为什么要撕啊？"我说："他们把我的电话号码写上了。"

@ 爸爸爱喜禾：今天看到一个讨论，自闭症融入社会需要什么样的环境？我的答案是——核大战之后。我对核大战是不是过于乐观了？

@ 爸爸爱喜禾：每天絮絮叨叨说儿子自闭症那点事，我的名字应该叫——祥林爸。

@ 爸爸爱喜禾：一个从事自闭症研究的专家跟我说，自闭症能治愈，具体方法是——"爱"。从明天开始，每天送喜禾一朵玫瑰，玫瑰里还塞一张纸条：我爱你，但不要打听我是谁。

@ 爸爸爱喜禾：儿子最近表现好，我就归结为，我们给予他的爱更多了。既然不能相信迷信，科学目前又无计可施，那么只有相信爱了。有爱，就能用开水干杯，就能用目光击退子弹。

@ 爸爸爱喜禾：有一个女孩，当年我追她的时候她说我们没有共同语言。时隔多年各奔东西，我为人父她亦为人母，现在总算有共同语言了——她儿子也是自闭症。

@ 爸爸爱喜禾：还有一个女孩，当年也说没缘分。既然我打算追你那就肯定有缘分，当时没有后来也会有——后来她儿子也是自闭症。算算我追求过多少女性，现在我都不敢打听她们的近况了。

@ 爸爸爱喜禾：我跟几个家长比赛，在发现自己孩子是自闭症前就认识的熟人里找自闭症，看谁认识的多……结果我获得第一。我真棒！

5 密码

@ 爸爸爱喜禾：有人对我说，喜禾是来带领你们探寻高级人类的秘密，你需要做的是找到密码……朋友，你先告诉我密码箱在哪？

@ 爸爸爱喜禾：观察一个自闭症儿童，有如去火星探险一样，刺激惊奇好玩。你都不知道他为什么会如此痴迷一个杯盖？

@ 爸爸爱喜禾：有个自闭症患者上班了。有人问："你怎么来公司的？"他就开始报站名了，怎么换的车换的哪路车又经过了哪些站全报一遍……幸亏没人问他吃什么，要不然还不得把他累趴下：蒸羊羔蒸熊掌蒸鹿尾儿烧花鸭烧雏鸡烧子鹅卤猪卤鸭酱鸡腊肉松花小肚儿……

@ 爸爸爱喜禾：有一个自闭症孩子喜欢跟人脸贴脸，他不是表示亲近，他只是享受你眨眼时眼睫毛轻轻摩擦他皮肤的感觉。

@ 爸爸爱喜禾：我听说有一个自闭症孩子特别怕水，怕湿，因此遇到下雨天绝不出门，因此他妈妈想到了一个办法，出门办事就在门口泼一盆水，儿子就会老实待在家里了……这个妈妈是看多了《西游记》吧，悟空用金箍棒地上一划，圈住了唐僧。

@ 爸爸爱喜禾：我曾看到一个五岁的孩子被一个大人牵着，在各个房间里找妈妈——那位大人其实就是他妈妈。

@ 爸爸爱喜禾：我们一般人通过知识的积累和消化吸收，可以在很多事情上触类旁通，而他们不是，上一次交通灯从红变绿，不等于下一次它还会从红变绿……上帝创造了那么多正常小孩之余，又补造了一些自闭症孩子。他肯定觉得自己很逗。

@ 爸爸爱喜禾：有一种自闭症孩子有了语言能力，就很喜欢说话，而且说话很直接。因此我认为《皇帝的新衣》里面那个小孩就是一个自闭症儿童。

@ 爸爸爱喜禾：姜子牙可能就是一个自闭症！不是说他很聪慧吗？有的自闭症小孩智商比普通人高多了，但他不会用。姜子牙也不会用，每天坐在那里钓鱼，而且都不知道没鱼钩。

@ 爸爸爱喜禾：为什么对人类世代积累下来的经验就这么不信任呢？我的儿子。石头不一定要吐出来后才知道不可以吃。饼干是可以吃的，但掉在地上的饼干不能吃，捡起来后吹吹也还能吃，但掉在医院的地上吹吹也不能吃，但实在没有食物了也可以吃……让儿子明白一块饼干究竟什么状况下能吃，这个道理估计要教一辈子。

@ 爸爸爱喜禾：给儿子找了一个老师在家上课。上课时喜禾突然冒出一句："小飞机"。窗外碧空万里一目了然，老师宽厚地笑了笑。老婆说："老师，请相信我的儿子。"话音刚落，遥远的天边就出现了一个小黑点……上帝说要有光于是就有了光，喜禾说要有飞机于是就有了飞机。

@ 爸爸爱喜禾：喜禾喜欢飞机，看到飞机远去时还会追几步，那神态就像刚下飞机却忘了行李还在飞机上。不能让他妈妈知道，他妈妈会说——怎么这么粗心，跟他爸爸一个德性。

@ 爸爸爱喜禾：有时他站在那里一动不动，我以为他正在凝视着某个方向，实际上，他正在观察空气中我们看不见的尘埃……儿子，你看尘埃的时候我看不见你。

@ 爸爸爱喜禾：研究表明，人的大脑每秒钟接受一万七千条信息，我们不会被累死的原因是大脑会过滤掉绝大部分信息。比方吃饭，正常人感受不到食物下肚后胃的工作，但一部分自闭症儿童就能明确感受到胃的工作。我的儿子只看到胃在工作，却看不到他妈妈为此辞了工作。

@ 爸爸爱喜禾：请他举右手，他会举左手，原因是他面对着施令者，会以模仿的方式，跟着你举相同的手……这里说的是有些自闭症儿童会如此。我儿子不然，他一旦举起右手你就开始急了："放下！把手放下！放下啊，再不放下你爸爸眼珠子就被你抠下来了。"

@ 爸爸爱喜禾：自闭症患者喜欢看天气预报，全世界的都一样。我儿子也喜欢看天气预报。将来我会听到这样的话吗——"爸爸，今天天气预报说有风，添件衣服再出门。"

@ 爸爸爱喜禾：他喜欢洗衣机，他把脸贴在洗衣机上时就像紧贴着一位他心爱的姑娘——傻儿子啊，你爱洗衣机可洗衣机不爱你，昨天它就弄破了你的手指这么快就忘了？

@ 爸爸爱喜禾：刚会爬的时候他就表现出热爱洗衣机了，到后来会走了，表现得尤其强烈。为什么会这么热爱洗衣机呢？有一天我把洗衣机挪开，并没有看到通往另一个星球的秘密通道。

@ 爸爸爱喜禾：既然他这么热爱洗衣机，那好了，我放他进去……还没等进去呢他就开始挣扎了——嗨！只是叶公好龙啊。

@ 爸爸爱喜禾：喜禾的喜好是呈阶段性的，有段时间喜欢锅盖壶盖然后就不喜欢了；有段时间沉迷于给小区的垃圾桶盖上盖子……最近表现出来的是喜欢下坡。小朋友，你的人生还没高潮呢，忒着急下坡了。

@ 爸爸爱喜禾：楼道前的小坡道，喜禾来回地上上下下乐此不疲……那条小坡道是供残疾人专用的，你这么小就开始熟悉，只能说明——你非常严谨非常德国！

@ 爸爸爱喜禾：带他去音乐节，广场中央搭了一个简易厕所，喜禾又三番五次冲向女厕是因为那里有个小坡道，我是他爸当然知道，但是别人不知道。会耍流氓了，就说明他跟普通人又近了一步。

@ 爸爸爱喜禾:只要看到发出轰鸣的拖拉机,儿子就像吸毒一样兴奋。早先的人民币上就有一个开拖拉机的女性,你看我儿子这么热爱拖拉机,他更有资格出现在人民币上。

@ 爸爸爱喜禾:他太喜欢电梯了,在电梯里就兴奋。电梯行驶中拉着我的手让我给他开门——爸爸可以给你开门,但爸爸更知道什么时候给你开门,有点儿耐心好吗?

@ 爸爸爱喜禾:喜禾不仅喜欢噪音而且自己制造噪音……跟他妈一个德性,他妈也成天在我耳边制造噪音。

@ 爸爸爱喜禾:喜禾制造噪音,这是他感知世界的一种方式吧。自然界里蝙蝠就是靠自己发出声音避开障碍物、认路以及捕获猎物……想到这里脑子里冒出一个词——"鸟人"!

@ 爸爸爱喜禾:老婆说,该再给喜禾买点儿玩具了。我当即就从五金店买回来几个水龙头。知子莫若父!

@ 爸爸爱喜禾:有个人听说我儿子喜欢水龙头,说她儿子也喜欢水龙头。我立即说我儿子的爸爸是我!她愣住了!我儿子是独一无二的,想找一致性?哼哼!

@ **爸爸爱喜禾**：儿子终于开始学坐着打滑梯了。以前什么姿势都用过，侧卧、躺卧、仰卧、横卧、趴卧……吉尼斯没有这一项，不需要在这上面努力了。

@ **爸爸爱喜禾**：朋友们都挺好的，知道吾儿是自闭症后，从各个方面表示了关切关心，谢谢你们。知道喜禾喜欢壶盖杯盖，有个朋友还特意带了几个壶盖杯盖来……真后悔，我应该跟他说喜禾喜欢 iPhone，喜欢 IBM，还喜欢鲍勃·迪伦的演唱会。

@ **爸爸爱喜禾**：美国统计的数字——自闭症患病率为百分之一，而且自闭症不乏天才。就是说，将来掌控社会的可能就是这些自闭症。想象一下将来：开会，进出的与会人员都垫着脚尖走路；主席台上领导自言自语，台下的人都在旋转搓手。会议主席拿起了杯子，但他并不是要喝水，他只是喜欢圆形的杯盖。多好玩。

@ **爸爸爱喜禾**：联合国将每年四月二日定为"世界自闭症日"……为什么不是前一日？

@ **爸爸爱喜禾**：每年的"世界自闭症日"这一天，本人提议，全世界的人都旋转搓手，上街的人手里都拎一个壶盖或者任意圆形物体。

@ **爸爸爱喜禾**：自闭症终有被人类克服的一天。我也相信有那么一天,哪怕那时喜禾七十岁。七十岁沦为平常人,幸耶?不幸耶?

6 找不同

@ 爸爸爱喜禾：北京一家报纸有个固定栏目叫《找不同》，两幅基本一样的图，细微处略有不同，把它找出来。看到很多人热衷"找不同"，于是我萌生一个计划，推出一个真人秀的"找不同"，找出喜禾跟其他孩子身上的不同来。我太有才了。

@ 爸爸爱喜禾：喜禾和他同龄的孩子到底有什么不同？最近我特地观察了一下，发现他们同样不会开汽车，同样不会灭火，同样不会打新闻热线……从这几点来说，喜禾跟他们没什么不同。

@ **爸爸爱喜禾**：喜禾和他同龄的孩子到底有哪些相同？我又特地观察了一下。发现他们同样有父母，到了夏天同样换上夏装一刮风又添了外套，汽车过来时父母同样会把他们扯到身边而没有人推上去……从这几点来说喜禾和他们是一样一样一样的。

@ **爸爸爱喜禾**：出去玩的时候他摔了一跤。拿出一块饼干："儿子，这是什么？"儿子说："饼干。"他还知道饼干，看来智力没有摔坏。

@ **爸爸爱喜禾**：摔倒之类的，我儿子从来都不哭，自己爬起来，顶多是摸摸摔到的地方，很快就若无其事了……医生说他们疼痛感弱，所以不会觉得疼。但我觉得疼。

@ **爸爸爱喜禾**：头上摔了一个大包他哭了。他哭了不是因为疼，是因为大人太烦了——"让爸爸看看！""给妈妈看看！""疼吗？""不疼吗？""跟妈妈说这疼吗？""跟爸爸说这里还疼不疼？"他终于受不了，哭了。

@ **爸爸爱喜禾**：去医院体检，打针抽血——别的小孩都哇哇大哭，他若无其事。那一刻我想起了邱少云董存瑞黄继光……他们的父母也跟我一样担心过吗？

@ 爸爸爱喜禾：有个家长看到喜禾打针不哭，于是羡慕地跟我说："要是我儿子也跟他一样就好了。"王小丫最喜欢问："你确定吗？不改了吗？"

@ 爸爸爱喜禾：他不喜欢跟头有关的动作：摸头、梳头、洗头，尤其是剪头发，剪头发就跟杀猪一样……比杀猪还麻烦，猪好歹还多一个尾巴可以抓。我们几个大人束手无策，他身上就没有可抓的——总不能抓他的小鸡鸡吧？！

@ 爸爸爱喜禾：那天看革命电视剧，看到国民党对共产党人用刑，其中有套刑具对我颇具启发——我知道怎么给儿子剪头发了。

@ 爸爸爱喜禾：中国应试教育最大的特点是培养了一群不会独立思考没有怀疑精神只会服从的人，从这点来说，喜禾何其幸也！独立思考与怀疑精神深深根植于他两岁的小脑袋里。我问："喜禾，我是谁？"喜禾反问："是谁？"我说："我是爸爸。"喜禾说："爸爸？！"

@ 爸爸爱喜禾：普通孩子到了一定阶段就会炫耀："你知道吗，我有两个爸爸！"自闭症小孩一个爸爸都不知道自己有一个爸爸。

@ **爸爸爱喜禾**：对，喜禾不知道炫耀，他们这样的孩子都不知道炫耀——他们有高智商都不表现出来，他们奉行低调的奢华。

@ **爸爸爱喜禾**：带儿子在外面玩时，我躲了起来，想让他找让他着急。小孩一般遇到这种情况就慌了……但他不同，就算我躲到公元九○一一年，他都不会回头看我一眼。

@ **爸爸爱喜禾**：他喜欢独自一人玩，不让我管，我远远落在后面，偶尔瞄一眼看是不是有人起歹意……如果有人拐走他，回家我就跟老婆击掌："噢耶！"

@ **爸爸爱喜禾**：电视里连续报道了几起拐小孩事件，家长们都很担心，太不安全了，有什么办法才能保护自己的孩子不会被人拐走？办法其实很简单，在他脖子上拴块牌子："我是自闭症"。但是我很自私，不打算跟他们分享。

@ **爸爸爱喜禾**：当你独自面对他，你会忘了他是个自闭症的小孩。但一旦带他去外面，带他去小孩多的地方，就知道他多么与众不同……我为什么要去外面自取其辱呢？

@ 爸爸爱喜禾：一个普通的两岁孩子可能什么都认识，但我可以夸口，只要我儿子能接触到的他都尝过。包括汽车轮胎，包括树干，包括小狗的毛。

@ 爸爸爱喜禾：据说海豚辅助治疗自闭症儿童很有效，最传奇的说法是一个从不说话的自闭症儿童，把他扔进水里跟海豚玩，之后就会开口说话了。他说什么了？"爸爸，救我？！"

@ 爸爸爱喜禾：我儿子跟狗在一起也有"酒逢知己千杯少"的痛快。但世界上狗太少了——都是人。

@ 爸爸爱喜禾：喜禾第一次看到孔雀开屏，我说："孔雀漂亮吧，你看它转过身后，屁股有多难看……"别人也说喜禾看上去聪明伶俐，他会不会认为我在影射他？

@ 爸爸爱喜禾：动物中的独行侠，如老虎豹子熊，无一例外都处在食物链的最顶端，它们强大到不需要朋友不需要合作。我儿子也是独行侠，我想用老虎豹子熊去激励他，我说："只有强大的人才不需要结群成伙，你看老虎豹子熊，它们都……被单独关在笼子里。"

@ 爸爸爱喜禾：儿子走路喜欢踮脚尖。有个家长一直留意喜禾，今天终于问我："你儿子上的是哪个艺术幼儿园？"说明一下，她女儿五岁，练了两年芭蕾踮脚尖走路还是不行。我说："我儿子还没上呢，那是天赋。"终于能让别的家长嫉妒我一次了。

@ 爸爸爱喜禾：一个老太太看到喜禾嘴里叽里咕噜说个不停，问我喜禾在说什么。我说他在讲我老家的话。老太太转身就羡慕地跟别人说，你看那小孩多好，这么小就会两种语言了。本来我想解释他其实还是只会一种语言——再让我小小地骄傲一次吧！

@ 爸爸爱喜禾：到北京二十年了，仍然为说普通话而累，只要有机会更愿意说家乡话。所以我能理解我儿子，他每天嘴里叽里咕噜地说个没完，那是他的家乡话。他也觉得说普通话累。

@ 爸爸爱喜禾：一个朋友推荐我看一部反映自闭症的电影《自闭历程》，看完，泪湿衣襟，之后，斗志昂扬。对于自闭症家长而言，悲情不应该是唯一诉求，还要有希望，更要有快乐。

@ **爸爸爱喜禾**：一个朋友上我家看喜禾，之后跟我说，喜禾看上去很正常，跟别的孩子没什么不同，除了……她一口气说了五个"除了"。一个"除了"就够了。

@ **爸爸爱喜禾**：她认为我夸大了喜禾的情况——他走路不是挺好的吗？笑得多灿烂，还能吃！我有跟她说过喜禾是木乃伊吗？

7 《史记》

@ **爸爸爱喜禾**：我要写一部《史记》。这部《史记》上会提到今天，因为今天是一个里程碑式的日子，喜禾第一次说出了五个字——"我要吃饼干"。

@ **爸爸爱喜禾**：我在写《史记》，给喜禾做传时犹豫了，你说我是把他放到《游侠列传》还是放到《梦游列传》呢？

@ **爸爸爱喜禾**：有人说喜禾要放在《本纪》里。《本纪》都是帝王级别的，尊卑有序，攒不够《本纪》，最多《世家》——《自闭世家》。

@ **爸爸爱喜禾**：犬子无论如何也算是世家子弟了，光这一点，足堪欣慰。

@ **爸爸爱喜禾**：只要表现好，喜禾就会得到比米粒大不了多少的一点饼干。一个小时累积下来，也够两块……我好奇的是，老师怎么能把饼干掰到那个地步而不碎？

@ **爸爸爱喜禾**：相比别的孩子，喜禾得到鼓励更多也更容易，有时他不过是摸了摸鼻子，那一刻红旗招展锣鼓喧天鞭炮齐鸣。邻居一定很奇怪，两会又胜利闭幕了？

@ **爸爸爱喜禾**：儿子走路不算好，每次夸他真棒好棒之后，我们也怀疑，他是真的走路不稳还是飘飘然了？

@ **爸爸爱喜禾**：儿子热爱诗歌尤其徐志摩，无他，只因有饼干吃：轻轻地我走了——饼干；正如我轻轻地来——饼干；我挥挥衣袖——三块饼干；不带走一片云彩——饼干没了，哭。

@ **爸爸爱喜禾**：只要有饼干，我能让他说什么就说什么，让他干什么就干什么。我一直认为老天爷给我一个自闭儿是想给我下辈子指明一个方向，知道下辈子该干什么。今天我就知道了——驯狗师。

@ **爸爸爱喜禾**：喜禾最近几天能够辨识而且能够说出来的词语：饼干、眼镜、草莓、花生、苹果……尽管有的发音不是很清楚，只要我们清楚就 OK 了。

@ 爸爸爱喜禾：早晨在睡懒觉就被儿子吵醒了，他在看动画片，嘴里喊着"鱼"、"鸟"……这几天语言突飞猛进。今天第一次叫我是叫"狗"，纠正之后他嘴巴就闲不住了，一直叫"爸爸"。

@ 爸爸爱喜禾：北京动物园，老虎、狮子、豹子、灰熊、狼……我和喜禾奔走于食肉动物间。嗯，我们是食肉动物包围中唯一幸存下来的人类。

@ 爸爸爱喜禾："小猴子"、"大象"、"熊"、"乌鸦"、"小鱼"、"爸爸"……喜禾在动物园，上面这些词语都是从他嘴里说出来的。聪明的读者，你知道上面哪些词语跟动物园无关吗？

@ 爸爸爱喜禾：昨天喜禾拿着一瓶矿泉水主动说："打开！"今天就变了："拧开。"更准确了，真是一个天才。证明他以后也会知道"爸爸"、"后爸"的区别了。

@ 爸爸爱喜禾：喜禾的语言能力进步很快，照此下去，不出多久，朋友们来我家就能听到这样的对话——喜禾："爸爸好！"我："儿子好！"喜禾："爸爸辛苦了！"我："为儿子服务！"

@ **爸爸爱喜禾**：会唱歌的不止夜莺，还有喜禾。今天第一次听到喜禾唱歌——"一闪一闪亮晶晶，满天都是小星星……"前两句吐字清晰，旋律准确，第三句就不知所以然了。

@ **爸爸爱喜禾**：老师给喜禾上课，老师说喜禾的进步出乎意料。老师这么说也出乎我意料。我把老师的话转述给我老婆，老婆没说话，眼眶红了——这次没有出乎我意料，就知道她会这样。

@ **爸爸爱喜禾**：炒菜没盐，下楼去买盐，顺便跟喜禾说，跟爸爸说拜拜。说完我出门了，走到楼下还能听到他的哭声。好高兴，如此依赖我还是第一次。

@ **爸爸爱喜禾**：何谓惊喜？今天喜禾玩公用电话，模仿我们拨键。他按了一个"8"，同时说"8"，我以为是巧合，之后他无序地按了几个，每按一个同时都准确地说了出来："1"、"4"、"9"、"7"……我跟老婆就在旁边，那一瞬间目瞪口呆。后来喜禾姥姥跟我说，十个月大时他就认识了。中间有一年没说了。

@ **爸爸爱喜禾**："这是什么？""这是什么？""还要吗？""还要吗？""我是爸爸！""我是爸爸！""你叫喜禾！""你叫喜禾！"……多少次跟邻居说我家没养鹦鹉，他们就是不信。由不得他们不信。

@ **爸爸爱喜禾**：喜禾第一次去动物园，在没有任何人诱导的情况自己突然说出了"开心"两个字……虽然我知道大半是巧合，但也有万分之一的希望他就是天才呢。人不都是靠希望活着吗？

@ **爸爸爱喜禾**：自从知道儿子会说"开心"，我们就逼啊，不说就没有饼干吃。每次他带着哭腔说出的"开心"，那还是开心吗？

@ **爸爸爱喜禾**：母亲节那天老婆收到儿子给的第一个礼物——一个无线鼠标。但老婆很扫兴地跟我说，"你怎么看的孩子，幸好鼠标线是没电的，下次剪到电线怎么办？"剪掉电线，那么我们将是全世界第一个用到无线冰箱无线电视机的人。

@ 爸爸爱喜禾：通过零食强化，现在一叫他名字他就能回头，走来，但问题是，他走过来直接掰你手，找吃的。在游乐场，一个小孩叫了他一声哥哥，儿子立即去掰小孩的手……也好，再大点，如果有女孩叫他，找吃的之外，希望儿子还能就势帮她把手相看了。

@ 爸爸爱喜禾：拿到我的体检结果，一切 OK，我又可以放心地抽烟喝酒了……

@ 爸爸爱喜禾：儿子喜欢玩笔。他第一次拿笔我想他将来会是个文人；儿子拿笔在白墙上胡抹，我想他还是个喜欢题词的文人；后来他又把笔放进嘴里狠狠咬了一口，再远远抛掉……这下糟了，他将来肯定是个没灵感又臭脾气的文人。直到后来医生说这是自闭症，我才放下了心。宁做自闭症，不做臭文人。

@ 爸爸爱喜禾：经此一变，苍老了许多。一个七十岁的老太太让她孙子跟我打招呼："爷爷跟你说话呢，说爷爷你好！没礼貌！"我不喜欢有礼貌的孩子。

@ 爸爸爱喜禾：很多年前公司来了一个实习生，下班时实习生跟每个人都打招呼："李姐再见，王哥再见……"之后特意跑到我跟前："蔡叔再见！"同事跟我年龄差不多我却受此礼遇，真不想独享。此后，公司所有人都管叫我蔡叔。我心态步入"叔"的行列，那是一个标志性的事件。今天会不会又是一个标志性的事件呢？

@ 爸爸爱喜禾：我浇花，喜禾看过一次后就学会了，学得有模有样——如果他浇的不是开水会更好。

@ 爸爸爱喜禾：因为喜禾会模仿我们浇花、取报纸、锁门，有一天喜禾姥姥严肃地跟我说："以后在喜禾面前不能有诸如抽烟之类那些坏习惯……"好吧，我一会就去墙上贴一张"十不准"。

@ 爸爸爱喜禾：听人说自闭症有很强的模仿能力，如果将他送去智障、脑瘫的托养机构，那他就会模仿他们走路的样子、面部的表情，还会学着流口水……这么说的话我想送他去养老院，这样他就会爱看《夕阳红》。等我老了，至少能保证他不会跟我抢电视遥控器。

8 忍!

@ **爸爸爱喜禾**：在儿子手腕上写了一个"忍"字。带出去感觉就是不一样，雄赳赳地！咱现在是黑社会他老子。

@ **爸爸爱喜禾**：读书升官发财……此路不通。儿子混白社会看来是没戏了，好好培养一下，说不定日后能在黑社会大展拳脚。但光在手腕上写一个"忍"字还不够，还得教他学会说三个字：好兄弟！

@ **爸爸爱喜禾**：我不信风水但有时又不得不信，比方我住的小区——西边是"星星雨"（自闭症康复机构），东边就是培智学校（给弱智残障人士办的学校），我们小区夹在中间，三点成一线，简直就是为我准备的。

@ 爸爸爱喜禾：我是个无神论者，儿子被诊断为自闭症后，我还是找了一个背黑锅的："上帝啊，你怎么可以这么对我？"之前也考虑过菩萨、玉皇大帝等等，但觉得都不顺口——"玉皇大帝啊，你怎么可以这么对我？"这么说是不是很滑稽？

@ 爸爸爱喜禾：喜禾的姥姥是个虔诚的基督徒。以前我写不出稿，姥姥跟教会的兄弟姊妹在主前祷告，保佑我写出好文章来。从我后来写的文章来看，主应该是没同意。我去祷告，主应该郑重考虑一下。兹事体大。

@ 爸爸爱喜禾：在家里我常高举双手，儿子拉我手不停要吃的，我只好举起双手，看上去就像是投降。《日内瓦公约》的宗旨就是优待俘虏。上帝抽空去瞄一眼《日内瓦公约》吧，你看我都投降了。

@ 爸爸爱喜禾：我听得最多的一句话："要相信会发生奇迹。"所谓奇迹，就是小概率事件。这么说的话，我已经有过一次奇迹了。

@ 爸爸爱喜禾：早些年北京申奥时用过这么一句口号：给我一个机会还你一个奇迹。老天爷套用了北京申奥的口号：给你一个儿子再给你一个奇迹！

@ **爸爸爱喜禾**：收到一条短信，说我中大奖了，交多少钱就能得到什么什么……朋友，你短信发晚了，我已经中大奖了，一分钱不用交就得到一个自闭症儿子。这运气！

@ **爸爸爱喜禾**：中了五百万彩票才叫运气，生了个自闭症的儿子只能叫负运气。负运气也是运气。

@ **爸爸爱喜禾**：昨天还跟老婆在聊，如果真有奇迹，儿子好了——奶奶的，那一天一定得狠狠揍这小子一顿。

@ **爸爸爱喜禾**：儿子被确诊为自闭症，我，第一天，精神恍惚；次日，黯然泪下；第三日，居然很开心。仔细地去观察儿子，发现他怎么那么逗，那么与众不同，真是我的好儿子，跟他爸爸一样怪。

@ **爸爸爱喜禾**：喜禾从床上一头栽了下来，爬起来时顺手抄了一本书走到我跟前，让我教他识图……只是从床上轻摔一下就变得爱学习了，一会儿就带他去楼顶。

@ **爸爸爱喜禾**：我还真不担心把他脑子摔坏了……数学上有个术语叫"负负得正"，逻辑学的术语叫"否定的否定等于肯定"。

@ 爸爸爱喜禾：自从用食物诱导他学会了敲门，不得了，现在不是敲门，是敲诈。他只要想吃东西了就去敲门，然后过来要吃的。

@ 爸爸爱喜禾：感谢数字饼干的发明者，父母因儿子识数而欣慰，儿子因为识数得到实惠，两全其美。但今天儿子表现不佳，有个数字纠正数次最后还是认错。其实也怨不得他，谁让"6"和"9"太像，况且我又拿反了。

@ 爸爸爱喜禾：据说牛顿也是自闭症。期望儿子将来也这么厉害，给儿子起了个英文名：猪顿。不敢跟牛顿比肩，但希望也是"顿"系列中的一员。

@ 爸爸爱喜禾：有次跟别人介绍自闭症，我说爱因斯坦你知道吧，然后我又说到莫扎特、爱迪生……这些人据说都是自闭症。对方一直是很平静地听我说，等我说完了，他依然很平静地反问了一句："他们跟你有什么关系？"当时我愣在那里了，是啊，他们跟我有什么关系，他们欠我钱吗？

@ 爸爸爱喜禾：如所有望子成龙的父母，我曾经对儿子也有很多期待。现在我再也不会期望他成为诺贝尔奖获得者、考古学家、探险家、中国首富……未来一年，他能有意识地对我说出"爸爸"二字，我就知足了。

@ 爸爸爱喜禾：一个小男孩指着旁边一辆新车骄傲地跟我说，这是他爸爸的；另一辆推车里的小女孩目不转睛看着我对我笑，她才几个月大；还有一个小男孩对他妈说："饼干是我的，不给盈盈吃。"他们是不是太聪明伶俐了？我很不习惯。

@ 爸爸爱喜禾：你可以拿他的饼干，他的玩具，他不认为是他自己的。同样你手里的饼干他也不会觉得是你的，他想拿就直接去拿了……这就是我儿子。如果马克思在世，我想把我儿子介绍给他。再多几个我儿子这样的，共产主义铁定能实现。

@ 爸爸爱喜禾：世界上最宽阔的东西是海洋，比海洋更宽阔的是天空，比天空更宽阔的是我儿子的胸怀。

@ 爸爸爱喜禾：原来希望儿子是一个心胸宽广的人，有包容心的人……现在多希望他是个小心眼，睚眦必报，当面吵架没吵赢，转身就去扎小人。

@ 爸爸爱喜禾：经常写点喜禾的琐事，有时候我自己不禁也怀疑，是我塑造了一个自闭症儿子，还是他真的就是自闭症？如果是前一种，假以时日，回过头来再看这些文字我会羞愧难当。但愿有我羞愧难当的一天。

@ **爸爸爱喜禾**：答应给一家杂志写点小文章，说白点就是拿儿子换稿费。古谚云：养儿防老……你能说我做错了吗？我不过是提前了几十年。

@ **爸爸爱喜禾**：十二年前有家公司扣了我一个月工资，如果我现在抱着喜禾去，他们会给我吗？

@ **爸爸爱喜禾**：看到一辆公交车上挤满了人。在他们出生时，父母也都曾寄予厚望吧，如今还不是沦为你我一样的普通人。儿子是自闭症，乐观点看，至少他不是个普通人。

@ **爸爸爱喜禾**：老头七十多岁，经常踩一辆三轮。三轮后面坐的是他老伴和四十来岁的唐氏综合征的儿子。我常看见这一家三口。他年轻时，肯定经常跟老伴讨论，我们老了，孩子怎么办？他现在已经老了，三轮都快踩不动了。我比他幸运的是不用踩三轮，我还有辆车。

@ **爸爸爱喜禾**：朋友语重心长地跟我说，生活还要继续，还是要回到正常的生活中来。是啊，生活还得继续，原来怎么样现在还得怎样，于是我又开始了彻夜忧伤。

@ 爸爸爱喜禾：怎么都这么爱散步了呢？儿子睡下后，老婆说，"我一个人出去走走"。一走就是一个小时。老婆回来了，我说，"我出去走走"。真想走到天亮，早点摊上吃碗热馄饨回家蒙头睡觉。

@ 爸爸爱喜禾：知道那些哲人为什么这么喜欢散步？散步利于思考！散步时我一直在思考一个问题：刚才发廊里那个花枝招展的女子为什么对我招手呢？

@ 爸爸爱喜禾：有时觉得自己很可悲。在北京混了二十年，房子车子都混上了，也算是个边缘中产。没高兴几天，儿子查出是自闭症，一个小概率事件就把你打回无产阶级去了。看看周边跟我生活差不多的人，谁敢说是中产？你能顶得过一个小概率事件的打击，还能吃香喝辣，这才算中产。

@ 爸爸爱喜禾：步入中年。中年之前的这段人生，四个字可总结：逆风而尿。

9 明天

@爸爸爱喜禾：说实话，我们说不好喜禾的明天会怎样，但他的后天很明确——去爬山。

@爸爸爱喜禾：儿子检查出为自闭症后，人生在我眼前展现得更清晰了。心态调整了是其一，最主要的还是终于给自己配了一副眼镜。

@爸爸爱喜禾：因为有一个这样的儿子，不得不考虑到他的明天。原来在我的规划中，他爱读书不读书，最差也会完成九年制义务教育……这个最差成了现在不可能完成的任务。

@爸爸爱喜禾：儿子将来咋办啊，连工读学校都上不了。

@ **爸爸爱喜禾**：自闭症孩子由于脑损伤的原因，不太能吃硬的东西——我一乐，将来我儿子能吃软饭了。

@ **爸爸爱喜禾**：将来他何以自立？这是我跟我老婆考虑最多，也最头疼的——当餐馆服务员肯定不行，他会跟客人抢东西吃。当餐馆的老板娘，他又是个男的……早生二十年他还能干一个工作——当吓唬鸟雀的稻草人。

@ **爸爸爱喜禾**：地铁里看到只有一条腿的残疾朋友在乞讨。我儿子还不如你呢，正因为他有两条腿，连乞讨的资格都没有。

@ **爸爸爱喜禾**：悲观一点看，残疾朋友还可以上街乞讨，但我儿子将来连这种谋生的方式都行不通，你跟大家说他有病，人家还觉得你有病。

@ **爸爸爱喜禾**：我原来还想在他脖子上拴根绳子，让他表演钻火圈……但国家禁止耍猴戏了。

@ **爸爸爱喜禾**：今天终于下决心取消了对"残疾人就业促进网"的关注。现在就考虑给儿子找工作是不是有点儿早？

@ **爸爸爱喜禾**：儿子喜欢把桶套头上，到处走动。未雨绸缪，提前二十年开始体验四处碰壁的感觉了。

@ **爸爸爱喜禾**：给一家自闭症康复机构打电话，老师在介绍他们的训练成果时，非常骄傲："从我们这里出来的已经有两个上小学了。"那一刹那仿佛听见他说的是："我们学校有两个考取了北大清华。"我能理解他的骄傲，如果我儿子七岁时能上小学，我也会有考取北大清华的成就感。

@ **爸爸爱喜禾**：有人告诉我，喜禾有可能只是发育迟缓一两年，应该能追上。谁能让那些孩子先站住，等我儿子追上来？！

@ **爸爸爱喜禾**：欣赏能写一手好字的人，原来就打算让儿子练书法。将来如有可能，还是要让他练书法。他写几个字，我给他裱起来，挂墙上——"进退失据"。

@ **爸爸爱喜禾**：原来想把喜禾培养成一个大作家……情况发展到现在有点儿不对了，似乎是喜禾要把他爸爸培养成大作家。

@ **爸爸爱喜禾**：诺贝尔文学奖得主大江健三郎也有一个有问题的儿子。朋友跟我说，老天爷肯定是也想让你成为大江健三郎。窃以为，成为大江健三郎光有一个这样的儿子还不够，我得先学会日语。

@ 爸爸爱喜禾：我不赞成悲观论，什么叫自闭症将来能否做父亲母亲都不可知？将来一定做父亲！我所担心的是，我儿不但做父亲还想做干爹："你想要宝马，来亲一口，干爹给；你想当局长，来，跪一个，干爹给。"

@ 爸爸爱喜禾："星星雨"的创办人田慧平女士跟我说："你们这一代父母的使命就是为自闭症儿童谋求社会福利，让父母死得瞑目。"信哉斯言，我必须为孩子们做点什么，我必须行动起来——当即我就给儿子喂了一口饭。

@ 爸爸爱喜禾：跟儿子在外面玩，儿子拉屎了我又没带纸。有个家长说回家去帮我拿纸。半个小时后我认为他们家在附近另一个小区。一个小时后我认为他们家在河北……现在我认为他根本就是神仙，化身家长给我喻示人生的真谛——万勿相信人。

@ 爸爸爱喜禾：给家人普及自闭症，特别是自闭症中一个亚类型"阿斯伯格"。我在说"阿斯伯格"如何如何时，我父亲脸色阴沉，越来越阴沉……虽然我只是客观陈述"阿斯伯格"的特征，但就像在给我父亲写传记，每一条都能在他身上找到对应。

@ 爸爸爱喜禾：我面临的悖论：假如明天儿子指着我鼻子骂："你这个老混蛋！"我应该高兴还是应该勃然大怒？因为今天已经有个家长遇到这样的情况了。

@ 爸爸爱喜禾：人痛苦的根源不在于金钱，在于期待值。降低期待值，生活处处是幸福。我最近睡得安稳，是因为校正了期待值的标准——原来我还担心自己娶不到老婆，没想到现在还有了儿子。

@ 爸爸爱喜禾：父母跟我说："我们做父母的，就是尽一切努力让你幸福快乐。"我也是，到目前为止，幸福我不敢说，我跟我老婆什么都没做，儿子就很快乐了。真省事。

@ 爸爸爱喜禾：我儿确诊为自闭症以来，一切经验都证明下述两种观点的不对：一种是自闭症患者治不好论，一种是自闭症患者出天才论。前者产生消极悲观倾向，后者产生盲目乐观倾向。他们看问题的方法都是主观的和片面的，一句话，非科学的。与自闭症的战争是持久战。——《喜禾爸爸论持久战》

@ 爸爸爱喜禾：我们的一家：爸爸伟大光荣正确；妈妈勤劳善良勇敢；儿子聪明活泼可爱，简言之——"三个代表"。

@ 爸爸爱喜禾：儿子被发现是自闭症前,只要想到他的将来,就充满了希望;发现是自闭症后,只要看到他每天的进步,就充满了希望。

10 玩笑

@ **爸爸爱喜禾**：老说我儿子如何如何也没意思，换一个话题吧，我爸爸有个孙子，经检查是自闭症。

@ **爸爸爱喜禾**：我是一个喜欢开玩笑的人，老天爷知道我这个喜好所以也跟我开了个玩笑，但这个玩笑显然不好笑。就是说，开玩笑也需要天赋，哪怕他是有神力的老天爷。

@ **爸爸爱喜禾**：老天爷的笑话不好笑，原因很简单，好笑话只给敢于自嘲的人。我就是一个喜欢且敢于自嘲的人，但问题是我太完美了，几乎不可能在我身上找到缺点用来自嘲，就说身高，我一米六五……正因为如此，老天爷对我也是羡慕嫉妒恨，于是给了我这么一个儿子。

@ 爸爸爱喜禾：因为总看到我拿儿子寻开心，很多人以为我不爱我儿子。我能不爱我儿子吗？这个世界上除了他妈妈、姥姥姥爷爷爷奶奶大伯二伯大姑小姨夫，他大哥哥二哥哥三哥哥大姐姐二姐姐三姐姐……没有谁比我更爱他了。

@ 爸爸爱喜禾：我经常拿我儿子开玩笑，我是有目的的——希望他有一天会知道生气，拿着菜刀找我算账。

@ 爸爸爱喜禾：我跟喜禾也会吵架，吵完架我也会像个孩子一样躲在角落伤心哭泣，但第二天我们又和好如初。就是所谓的床头吵架床尾和。

@ 爸爸爱喜禾：老家有一种说法：小孩出生后第一眼看到的那个人，就是他未来的大致命运。因此儿子出生后，确定他见过十几个人后才敢让他看我。现在非常后悔，还不如让他第一个就看见我呢，前面那十几人都是什么人啊？！

@ 爸爸爱喜禾：有段时间儿子不在我们身边交给他姥姥带，朋友问我儿子哪天接回来，我说他十八岁再父子相认。搞不好真的要到十八岁他才认我为父了。将来要做父母的朋友们听好了，做人不要大嘴巴，有些玩笑不能开的。

@ **爸爸爱喜禾**：儿子刚出生那会儿我常跟老婆开玩笑："你确定是我的儿子？"老婆开始很愤怒，后来也学会以玩笑的方式回应："不是！"多希望她不是开玩笑，那样我是不是就可以一拍屁股不管了？

@ **爸爸爱喜禾**：因为有了这么一个儿子，周游世界成为可能——没钱了，带儿子往大街上一站，残疾人证往地上一摆……

@ **爸爸爱喜禾**：上帝把你儿子弄成自闭症就要在别的方面补偿你。我相信这个说法，而且今天就应验了，小区外面不让停车，今天所有的车都被贴了条。那会儿我开车出去了。

@ **爸爸爱喜禾**：其实我更喜欢福祸相依的说法。儿子被检查出自闭症——祸！几天前还在为上幼儿园的事着急上火，至少眼下不用为此发愁了——福！

@ **爸爸爱喜禾**：福祸相依就是能量守恒的中国化解释。某方面欠缺另一方面就会得到补偿，因为总量在那里。现在老天爷欠了我，他会怎么补偿呢？如果喜禾是天才，这补偿我看还算合理。

@ **爸爸爱喜禾**：周末几个朋友在我家玩扑克，有个胖子总被人炸，于是亮出刚被烫伤的肚皮说："你们还忍心炸我吗？"博同情？比谁惨？我二话不说抱来了喜禾。其实在座有一人比我们更有资格取得大家同情，如果她撩衣服的话——她是平胸。

@ **爸爸爱喜禾**：我个人认为，世界上最悲伤的事情，莫过于小孩子自闭，比自闭更悲伤的事情，莫过于美女平胸。

@ **爸爸爱喜禾**：遗憾，喜禾不是女孩，不能集两种最悲伤的事情于一身了。可见老天爷还是宠爱我的。

@ **爸爸爱喜禾**：调查表明：自闭症儿童的家长普遍都是高学历——我窃笑，看来他们没查出我的假学历。

@ **爸爸爱喜禾**：我要对那些高学历的家长说一声——对不起，拉你们后腿了，要不然你们还可以更高的。

@ **爸爸爱喜禾**：自闭症儿童普遍的特点是记忆力惊人，我儿子对我小时候的很多事情就记得比我还清楚。

@ **爸爸爱喜禾**：都说自闭症小孩记忆力超群，尤其在细节方面。我从网上找了几个A级通缉犯的相片让喜禾看，以后也许我靠赏金就能衣食无忧。

@ **爸爸爱喜禾**：有人担心说，怎么才能把通缉犯的照片和饼干联系起来？否则喜禾没有兴趣……这担心纯属多余，我做事会这么欠考虑？我在每个通缉犯的嘴角都画了点饼干碎末。

@ **爸爸爱喜禾**：喜禾确实比别的小朋友幸运，光节日就比别的小朋友多一个——"世界自闭症日"。等喜禾六十岁，还是会比别人多过一个节日——"光棍节"。

@ **爸爸爱喜禾**：有人问我，自闭症传染吗？我说自闭症不传染，但感冒了的自闭症儿童可能会传染。

@ **爸爸爱喜禾**：听专家讲座，北大一个博士介绍自闭症的最新研究成果：目前病因还没有找到……今天都周二了，还没找到，不会又拖到下周了吧？！

@ **爸爸爱喜禾**：北京有个自闭症孩子走丢了，次日在几十公里外的六环路上发现的——火星的车不让进六环？非得跑这么远去候车，北京太不厚道了。

@ **爸爸爱喜禾**：老婆今天的话很煽情："你是好人，如有来生还选你做丈夫！"这句话对我而言价值很高，因为这是用儿子是自闭症的代价换来的。

@ **爸爸爱喜禾**：朗读一首普希金的诗励志：假如生活欺骗了你，不要悲伤，不要心急……抄起菜刀，瞄准他喉管。

11 喜禾星

@ **爸爸爱喜禾**：人们习惯把自闭症儿童比喻为"星星的孩子"，这种说法过于诗意。我倒没想过喜禾是星星的孩子，但我希望将来有一颗星星能用他的名字命名——喜禾星。

@ **爸爸爱喜禾**：但我确实知道有个人是星星的孩子，因为那个小孩的妈妈叫银河。

@ **爸爸爱喜禾**：小时候的理想是当科学家，就是某方面的专家……这个梦想几乎不可能实现的时候，儿子给我带来了转机。目前我已算半个自闭症专家。

@ **爸爸爱喜禾**：今天在"星星雨"自闭症康复机构看到很多年轻的志愿者，朝气蓬勃。真想给他们每人介绍一个对象。

@ **爸爸爱喜禾**：看到那么多年轻的志愿者，我忍不住站上椅子发表演讲："你们是早晨八九点钟的太阳。"这时听到一个家长说："你看这个三十多岁的自闭症，不说话的时候也挺像个正常人。"

@ **爸爸爱喜禾**：当初喜禾被诊断为自闭症时我们一度惊慌失措。我哥对我说："淡定、冷静。"我做不到。我儿子做到了，不但自己淡定冷静，而且还用笑脸安慰我们。多棒的儿子。

@ **爸爸爱喜禾**：我普通话不好，湖南口音太重，以至于耽误了很多次恋爱。以为儿子在北方长大，普通话不会成问题，没想到他居然连"说都不会话"。嘲弄啊！

@ **爸爸爱喜禾**：有一次参加一个自闭症儿童家长的活动，只有我没带孩子去。为了证明自己有资格跟他们对话，于是我说："你儿子是自闭症？我也有一个。"那口气就像说："你有 IPad？我也有一个！"

@ **爸爸爱喜禾**：问一个自闭症儿童家长："你儿子有天才吗？"很干脆地回答："没有。"他马上反问："你儿子呢？"我早就等这个回答了。我说："没有，但是他有个天才爸爸。"

@ **爸爸爱喜禾**：已经领略到歧视的目光了，小区几个老太太，总看我独行侠的儿子，日久生疑，每次都在背后嘀嘀咕咕。要不是怕她们有心脏病，我一定绕到她们身后，然后大声地说："对，你们说对了。"

@ **爸爸爱喜禾**：杜拉斯说，饮酒使孤独发出声响。对我而言，儿子的笑让孤独发出巨吼！

@ **爸爸爱喜禾**：老婆有一次感慨说："如果我们晚几天带喜禾去医院就好了，那我们能多快乐几天。"不是说现在不快乐，过去的快乐是带有期待的快乐，想象他将来会如何。现在的快乐是忧心的快乐，希望他将来不要如何。但喜禾还是同一个喜禾。

@ **爸爸爱喜禾**：今天在物美商场，一个四岁的男孩说出一个"买"字，旁边他的妈妈和外婆那个高兴，连连说："买，买，这就给你买。"我没敢凑近去看那个小孩，但从他妈妈和外婆的反应，我想那个小孩情况应该和喜禾很像。当我儿子能说出一个词的时候，我们也是这般欣喜。

@ **爸爸爱喜禾**：儿子很少跟人目光对视，有一种说法是看别人的眼神会让他晕。他喜欢圆形的物体就是因为那不会让他感觉晕。我最近瘦了点，准备再吃胖，把自己变成一个不会让儿子晕的圆形。

@ **爸爸爱喜禾**：多年后喜禾写了一本书——《父亲太沉重》。喜禾是个自闭症儿童，只喜欢圆形的物体。父亲为了让儿子更喜欢，决定吃成一个胖圆形，以致后来都走不动路。喜禾抱着胖圆形的父亲上下楼沉重无比，于是写下了这本书。

@ **爸爸爱喜禾**：一直以来喜禾就喜欢被废弃掉的场所，小区附近有片地拆迁到一半，狼藉一片，喜禾最近迷上了那里，东摸摸西看看流连忘返。荒芜、破败，再加上一个烟花女子，典型的中国文人的审美。

@ **爸爸爱喜禾**：堂弟生了一个胖儿子，我妈去看了，回来跟我描绘那小孩如何可爱，末了突然幽幽地说："你儿子出生时很可爱！"我说："我现在也觉得他很可爱。"我妈一时不知道怎么说了。

@ **爸爸爱喜禾**：儿子被诊断为自闭症后，我的生活被彻底打乱了，前不久在早市买了一把二手小提琴，本来想练练陶冶性情，现在看要用来谋生了。

@ **爸爸爱喜禾**:"喜禾,这是什么?""喜禾,这又是什么?"我跟我老婆每天都要这么问儿子,一天问几十遍。不出一年,我们就可以出一本科普读物——《十万个什么!》。

@ **爸爸爱喜禾**:《十万个什么!》一书最大的卖点——无论问多少遍,最终的答案只有一个:饼干。

@ **爸爸爱喜禾**:"人生识字忧患始",这话在喜禾身上应验了。以前只要摸摸鼻子摸摸耳朵就能有饼干吃,自从开始识字后,必须准确说出某个字来才会得到饼干。

@ **爸爸爱喜禾**:儿子手指破了出了点血,他毫无惧色。鲁迅先生赞曰:"真的猛士敢于正视淋漓的鲜血。"这么夸犬子,晚辈受之有愧。

12 谢谢海子

@ 爸爸爱喜禾：现在看海子的诗歌，怎么看都是写给自闭症儿童的。

@ 爸爸爱喜禾："别人看见你 觉得你温暖，美丽 我则站在你痛苦质问的中心 被你灼伤 我站在太阳 痛苦的芒上 麦地 神秘的质问者啊 当我痛苦地站在你的面前 你不能说我一无所有 你不能说我两手空空"——海子《答复》节选

@ 爸爸爱喜禾："……放弃沉思和智慧 如果不能带来麦粒 请对诚实的大地 保持缄默和你那幽暗的本性 风吹炊烟 果园在我身旁静静叫喊'双手劳动 慰藉心灵'"——海子《重建家园》节选

@ **爸爸爱喜禾**：海子是我热爱的诗人。二十岁时读海子的诗，觉得他是我亲哥哥；现在读海子的诗，觉得是我亲儿子，自闭症的儿子。

@ **爸爸爱喜禾**：这么说海子，我不会觉得有丝毫的不敬，相反，我更爱他了。因为有了他的诗，自从仓颉造字以来，文字第一次有了意义。

@ **爸爸爱喜禾**：儿子会说话了，我就教他读海子的诗。在炉火边，在细雨里，在太阳升起落下的每一个日子里。

@ **爸爸爱喜禾**：吾儿有大美而不言。

@ **爸爸爱喜禾**：太阳很好，儿子走着走着不愿走了，就地一躺，双手平放，眯眼看着太阳，那副与世无争的样子多像庄子。

@ **爸爸爱喜禾**：不管他是不是庄子，我都是老子——他老子！很多年之后人们把我们合称为"老庄"，我们就"一块饼干究竟能生出多少块小饼干"展开的讨论也被后人整理成文，提炼成为老庄哲学。"饼干生一，一生万……"就是老庄哲学的核心思想。

@ **爸爸爱喜禾**：庄子两岁了还不会说话，后人都是根据他的手势他的行为去揣摩他深刻的思想。比方他站在那里一动不动小脸涨得通红，后人猜想他是不是拉屎了。他果然拉了屎，拉的屎一小坨一小坨，状似元宝。后人中一个有悟性的，立即明白庄子其实是在隐喻钱财如粪土。庄子从来都是这么深刻。

@ **爸爸爱喜禾**：庄子思考的时候老子常陪伴左右，尽管如此老子还是不能全明白庄子的思想，太深刻了！你把垃圾桶盖上，然后又打开，然后又盖上，庄子究竟是在隐喻什么呢？

@ **爸爸爱喜禾**：自从儿子成了庄子，活受罪的就是他老子。老子最后做了一个决定——还是让庄子做回儿子。他没有那么多深刻思想，他拉的屎一节一节的状似元宝，只能说明喝了奶粉后要及时补充水分，防止便秘。

@ **爸爸爱喜禾**：我在儿子身上连续三天感受到了春天的气息——春天的树枝在他脸上刺了一道，三天不褪。

@ **爸爸爱喜禾**：夏天快点到来吧，我就可以带儿子去游泳池小便了。

@ **爸爸爱喜禾**：他现在也没什么不好，他在那里撕书、吞书、不好吃吐出来、不甘心再吃，多可爱；走着走着他被草丛间蹿出来的猫吓到了，往你身上扑，多可爱；来了个客人他放了个臭屁，客人很矜持，多可爱。

@ **爸爸爱喜禾**：每一条胳膊每一根手指每一个脚趾头都写着可爱，但单独卸下一块就不可爱了——可怕！

@ **爸爸爱喜禾**：下楼取了报纸，我跟儿子人手一份，别的小孩三五成群在嬉闹，我跟儿子一前一后，安静而缓慢地穿过人群，小狗尾随其后。像两个遗世独立的人。

@ **爸爸爱喜禾**：很多时候都是喜禾在前，我远远跟在后面。很少很少的时间，他会拉着我的手。我俩漫步在小区里，对所有的小朋友视而不见，对老太太怀疑的眼神视而不见，对所有的热闹视而不见。就我们俩——喜禾和爱他的爸爸，每天。

@ **爸爸爱喜禾**：听几个家长说过，很多年后你发现老天赐予一个自闭症儿子是多么幸福。坦白地说我目前还没感受到这种幸福，或许多年后我会有。但现在我只要看到想到儿子就很幸福——因为他是我儿子，跟自闭症无关。

@ **爸爸爱喜禾**：假设有一天儿子问我："爸爸，幸福是什么？"假设真的有那么一天，我说："我的宝贝，你会这么问，爸爸就很幸福了。"

@ **爸爸爱喜禾**：喜禾给我的，远不止一个普通孩子所能给的。包括惊喜，包括幸福，当然还有痛苦。当初痛苦有多深，现在幸福就有多深。

@ **爸爸爱喜禾**：我说，将来以后，以后将来，不以儿喜，不以儿悲。真的能做到这样吗？

@ **爸爸爱喜禾**：自从知道儿子是自闭症后，我的世界变小了，我只关心两样——儿子，以及人类。想到儿子时我很乐观，想到人类时我很悲观。

13 执子之手

@ **爸爸爱喜禾**：为人父两年，一直没有体会过普通父子之间的感情。每次我奔放地扑向儿子，他却对我矜持一笑。言下之意是你好歹奔四十的人庄重点。每次我都灰溜溜地。每次我都很想说"小样，你也别跟我装了！"

@ **爸爸爱喜禾**：儿子第一次叫"爸爸"是对墙，后来陆续对窗，对香蕉，对电灯泡甚至对窗外的飞机都叫过"爸爸"，唯独没有对我叫过。为人父两年，没听过自己的儿子对自己叫过一声"爸爸"，很遗憾。第一次听到别人叫我"爸爸"时十三岁，一个比我小一岁的孩子被我踩在脚下，叫了我一声。谢谢了。

@ 爸爸爱喜禾：为了让儿子会叫"爸爸"，我每天都要对着他叫几十遍"爸爸"。有时自己真的就如庄生一般，弄不清他是我爸爸还是我是他爸爸了。儿子不像儿子爸爸不像爸爸，乱套了。

@ 爸爸爱喜禾：每次打电话回家，如果是老爸接的，我都只"嗯"一声，然后问："妈在吗？"现在我一星期之内叫的"爸爸"，比我三十多年叫的还多。

@ 爸爸爱喜禾：打小的坏毛病，喜欢让别人叫"爸爸"，到现在都没改。自己生了个儿子，世界上这个最该叫我"爸爸"的人反倒不叫了，真讽刺。

@ 爸爸爱喜禾：几十张识物卡片，教过一次后喜禾不但认识而且绝大部分都能说出来，但让他叫我"爸爸"教了上百遍他还是记不住。接下来我的工作是把我的照片混到卡片里面去。

@ 爸爸爱喜禾：我非常想做一个好父亲，所以以前我看了一堆稀奇古怪的百科全书，以备儿子将来发问。但现在看来可能用不上，他不会问我问题。反倒是我一直在问他："喜禾，告诉爸爸这是什么？"

@ **爸爸爱喜禾**：喜禾虽然暂时还不会表达，但他内心一定很困惑：怎么香蕉苹果西瓜都不认识，一天到晚地问，这是什么样的爸爸啊？！

@ **爸爸爱喜禾**：最近喜禾热衷跟我玩捉迷藏。我躲在门后叫一声"喜禾"，他屁颠屁颠跑了过来。我躲在床下叫一声"喜禾"，他又屁颠屁颠跑了过来。我躲在一条连衣裙里……天啦，我糊里糊涂活了三十多年。

@ **爸爸爱喜禾**：今天又跟喜禾玩捉迷藏，我躲了起来。他忘了这回事了，我很尴尬。

@ **爸爸爱喜禾**：普通的两岁孩子已经懂得自私了，单车是他的，玩具是他的，饼干是他的，谁都碰不得。喜禾一如从前的善良，要单车你拿去好了，手上只要还有一块多余的饼干你都可以拿走，甚至你都可以拿走他爸爸。儿子，爸爸被别人拿走了，就没人提你双脚晃了。你不能自己提自己双脚，不是因为你自闭，谁都提不了自己双脚。

@ **爸爸爱喜禾**：就涵养而言，我仅次于韩信。多少次儿子从我头上跨过，今天他还骑在我头上，我都忍了。

@ 爸爸爱喜禾：我在想普通父子之间的感情是怎么回事。我有一个朋友七年没回过家了原因是不想见他父亲，还有一个朋友称呼他父亲为"老不死"。不过高兴的是，喜禾一天都离不开父母也不会叫父亲为"老不死"，因为那太抽象他不懂。

@ 爸爸爱喜禾：生孩子以前，遇到一些刚做父母的人滔滔不绝地跟我们描绘他们的孩子如何可爱，当时想，以后生了孩子我们绝不跟人说自己孩子如何可爱，多烦人啊。现在更不能说了，不是忌讳，是怕别人烦。如果有人总跟我聊他儿子的白血病，我也受不了。

@ 爸爸爱喜禾：我不担心儿子撕纸，他晚说话几年都没关系，甚至一辈子不说话，现在我都觉得无所谓。只要我叫他他能回头看，知道我说话的意思就够了。

@ 爸爸爱喜禾：对喜禾的情况不能报喜不报忧，坏现象其实已经存在几天了，我不好意思说。现在喜禾一见到我就叫："狗"。可能怕我太难受，有时叫的可爱点："狗狗"。

@ 爸爸爱喜禾：我们家有一条狗，是他最好的朋友，虽然小狗并不这么认为。他就经常叫"狗狗"、"小狗狗"。他叫我"爸爸"是为了吃，叫我"狗狗"是把我当朋友。看我这理解的……

@ 爸爸爱喜禾：我不喜欢他们对我的称呼。他们说老师这边请；他们说先生你抽烟吗？他们说贵宾几位？还有个人搂着我的肩膀称我为兄弟……你妈不是我妈，过一百年你我也不会是兄弟。我只喜欢儿子对我的称呼，高兴时他叫我"狗！"

@ 爸爸爱喜禾：出差在外，自发现儿子是自闭症以来第一次离开他，颇不适应。家里的烟灰缸原来是装茶叶的方筒，宾馆的烟灰缸是圆的，儿子看到该多么开心。

@ 爸爸爱喜禾：突然想唱歌，李谷一的歌："我和我的儿子一刻也不能分割，无论我走到哪里，都有圆形的锅。"

@ 爸爸爱喜禾：老婆打电话说，我不在家儿子很不高兴，我听了很高兴。

@ 爸爸爱喜禾：半夜接到一个陌生电话，问我："先生，你想要按摩吗？"我说很想我儿子。她以为我骂人。所以说不能说实话，说实话伤人。

@ 爸爸爱喜禾：去到一个森林公园，负氧离子浓度据说达到每立方厘米四点七万个。当时没借到塑料袋，要不然肯定给儿子装一袋回去。

@ 爸爸爱喜禾：一直就想着给儿子带个礼物回来的，结果还是两手空空。第一：住处没有五金店买不到水龙头；第二：找到一个配得上我儿子的水龙头也太难了。

@ 爸爸爱喜禾：五天之后它见到我，使劲往我腿上爬，让我摸，让我拍，让我叫它——我说的是我家的小狗。除了不会叫我爸爸，小狗更像我儿子。

@ 爸爸爱喜禾：我跟儿子五天没见，五天后他见到我，没有期待的"爸爸"，甚至连一个微笑都没舍得给。所以我想要不要给他安个尾巴，当他不会用语言用微笑表示的时候，摇几下尾巴，告诉我他多想爸爸。

@ 爸爸爱喜禾：他认识很多东西而且还能说出那是什么；他也会因动画片的滑稽哈哈大笑；他还会唱一两句歌；你骗他没有的时候他会说有、会说要，还要……他才两岁两个月，这些表现跟正常孩子无异。但他爸爸出差五天后回家，他只是漠然地看一眼，就像看一块抹布。仅一个眼神就足以粉碎你。

@ **爸爸爱喜禾**:儿子有需要的时候不会用语言表达,而是过来拉我的手。每次拉手我就想到《诗经》。《诗经》云:"执子之手,与子偕老",指的就是这个情况吧。

14 皇室风度

@ **爸爸爱喜禾**：我最羡慕欣赏的一种气质就是不卑不亢，没想到我两岁的儿子就做到了这一点。儿子在游乐场玩，我去接他，看到爸爸，他只是礼貌地笑了下，仅仅只是笑了下，也就一秒。我被他的英国皇室气质雷到了。

@ **爸爸爱喜禾**：我单膝跪地："尊敬的女皇陛下！"女皇礼貌地笑了下。我儿子跟她一模一样。威廉王子，你有个弟弟现在就在我家。

@ **爸爸爱喜禾**：你知道皇室气质是怎么训练的吗？你在他旁边摔盘子他还能从容吃他的饭，看都不看一眼。我儿子就是这样。你在他旁边切腹自杀上吊喝农药他都不带看你一眼的。谁训练的？训练费应该很昂贵吧。我是不是欠了很多钱？

@ **爸爸爱喜禾**：培养一个贵族需要三代，我爸是农民，我进城打工，没想到我儿子这么顺利就有了贵族气质，而且还是皇室的。一代更比一代强。

@ **爸爸爱喜禾**：喜禾的皇室气质也有露馅的时候，你在旁边砸盘子他不看一眼，但是一块饼干掉在旁边了，他动作比谁都快……说到底还是个山寨皇室！威廉王子，你不用来了，你这个弟弟是假的！山寨货一个！

@ **爸爸爱喜禾**：在书店看到一本《没有个性的人》，当下窃喜，他说的不是我儿子。

@ **爸爸爱喜禾**：我儿子太有个性了，在娘胎里不知道他跟谁打了一个赌，不再说话。果然，到现在为止都很少说话。

@ **爸爸爱喜禾**：我家小狗一辈子也不会说话，不过还是活得很好。

@ **爸爸爱喜禾**：老婆带儿子去机场接我，儿子见到我甚至都没看我一眼。我觉得自己像一个过气明星。

@ 爸爸爱喜禾：看报纸，报纸上不是车祸拆迁就是杀人。把报纸移开，看到喜禾沉浸在他的世界里自得其乐——我们生活的这个世界还是美好的。

@ 爸爸爱喜禾：城市里面除了高楼汽车就是人，我要带喜禾去接触大自然。去了怀柔山区，一看，大自然果然不一样——更多的人。

@ 爸爸爱喜禾：喜禾这种孩子更应该生活在大自然的环境中，鸟语花香，春风雨露。当然这些还不是最重要的，生活在大自然中最惬意的就是大便后不用清理，只要走开时留心脚下别踩到。

@ 爸爸爱喜禾：第一次去"星星雨"，第一次看到那么多自闭症孩子。就像我第一次去木里，第一次看到天空密密麻麻那么多星星。触动是一样的。

@ 爸爸爱喜禾：在一个角落里发现很多烟头，能看出来是一个人抽的。抽了这么多烟，他在这里一定站了或蹲了很久——原来这个世界上还有一个人比我更惆怅。

@ **爸爸爱喜禾**：为人父两年，最近才算是体验到乐趣：他看了你一眼；叫他名字他"嗯"了一声；他说了"要"；他踢了皮球一脚……这些在普通孩子看来不屑于一说的小事，对我来说都是莫大的幸福。荣耀归于上帝，幸福就给我吧。

@ **爸爸爱喜禾**：是的，孩子的滴水之恩，我们做父母的只好涌泉相报。

@ **爸爸爱喜禾**：一个家长跑了，把儿子放在自闭症康复机构，然后黄鹤一去不复返。谴责者有之痛批者有之破口大骂者更有之，同情者在何处？我理解她，我就因为有这么一个孩子都不能离婚了。离了谁会再跟我结婚？除非有个女子朝思暮想生个自闭症小孩，那我有能力满足她。

@ **爸爸爱喜禾**：如果是个健康的孩子，可能会在收养人那里得到善待；正因为他不是，所以更不能抛弃他，如果他的爸爸妈妈还不能对他好，这个世界上还能有谁？希望那位家长明白这个道理。

@ **爸爸爱喜禾**：在一家康复机构，看到一个父亲对儿子大打出手。很多时候我也想揍他——想吃东西时说出"我要"很难吗？摸下自己的鼻子很难吗？你都两岁了知道我是你爸爸很难吗？事实上，对他们来说，那确实很难，跟一个普通人登上珠穆朗玛峰差不多一样难。不能因为我登不上珠穆朗玛，我爸爸就有理由揍我一顿吧？！

@ **爸爸爱喜禾**：我有时候也迷茫，儿子生活在他的世界里，我们用尽一切方法想让他跟我们一样——这究竟算是把他从坑里拉出来，还是把他往坑里推了一把？

@ **爸爸爱喜禾**：我接受他的现在，欣赏他的现在，但并不是鼓励他的现在……也许哪天，我会对他这么说："做你自己！"但我现在还做不到。

@ **爸爸爱喜禾**：我很想跟儿子说："走你自己的路，让别人绕道走吧。"谁让你爸在你手上写了个"忍"字呢。

15 泯然众人矣!

@ **爸爸爱喜禾**：当我回首往事的时候，不因虚度年华而悔恨，也不因碌碌无为而羞愧——这样，在临死的时候，我能够说："我整个的生命和全部精力，都已献给世界上最壮丽的事业——把儿子弄成一个普通人！"

@ **爸爸爱喜禾**：我经常想，喜禾长大了会怎么样？"泯然众人矣！"——这是我最希望他成为的样子。

@ **爸爸爱喜禾**：两个家长碰一块，各自夸对方的孩子："你儿子很可爱。""你儿子也很可爱！"你看，我们也是有资格互夸的，甚至我们夸得更深入："他程度轻，我看大有希望。"

@ 爸爸爱喜禾：小区楼下一排底商，发廊烟酒按摩茶馆什么的都时兴弄个电子屏。同样都是电子屏，同样是跑字，但我儿子只对那家典当行有兴趣，每次路过都要看很久，每次都还要我念出来。我紧张了，我是现在就要把电脑冰箱首饰搬到朋友家去吗？

@ 爸爸爱喜禾：他关注典当行也未必就是想典当东西吧，说不定是典当行里有他的东西想取回。可他能有什么东西呢？来到这个世界上时他赤条条的，就算落下了东西那也应该还在他妈妈肚子里。

@ 爸爸爱喜禾：有部电视剧里，一个人当掉了自己的灵魂再也赎不回来了。喜禾总是一副神不守舍的样子，他是不是也把自己的灵魂当掉了？！就算当掉了也该有所得吧，可是没看见他出生的时候举着钞票出来。莫非是医生贪污了？

@ 爸爸爱喜禾：都说小动物对喜禾这类孩子有奇效，可是他对小动物没兴趣，让他摸一下都不摸——那是多可爱的小刺猬啊。

@ 爸爸爱喜禾:"六·一"儿童节有一个活动,我想让儿子参加。对方问我儿子会什么才艺。虽然直立行走是人类演化进程中最美丽的篇章,但大家都会,这个才艺不足以展示喜禾的独特性。最后我决定,喜禾表演一个哲理剧《人类的早期》。人类的早期,还没有语言,所以也不会叫爸爸妈妈,只知道吃。

@ 爸爸爱喜禾:浴缸放满水,喜禾穿着游泳衣。那慌张的样子还真像一个偷渡客,偷渡到这个陌生的国度来了。

@ 爸爸爱喜禾:是喜禾让我明白,我们生活在一个快动作的世界里。从一出生开始,我们就直奔年老而去,那么快地会说话走路,那么快地知道活着的目的,那么快地知道死亡不可避免。喜禾呈现的是另一种生命的状态,就像一块石头,今天看是这样明天看还是这样。每一块石头,生命是以亿万年计算,它们不需要快。

@ 爸爸爱喜禾:当你儿子被确诊为自闭症那天,意味着有一扇门对你永久关闭了——"精子银行"。不胜苍凉!何处是我小蝌蚪的家园?再次不胜苍凉!

@ 爸爸爱喜禾:最近买了很多本侦探小说,我要查出来究竟是哪个混蛋把我儿子弄成自闭症的?

@ 爸爸爱喜禾：查出来，是男的让我老婆跟他结婚，生个自闭症；是女的我跟她结婚，生个七胞胎的自闭症，每天照顾一个，连周末都加班。让他们从内心认识到自己的行为多么不合适。

@ 爸爸爱喜禾：看完几本侦探小说后，我有了八成把握——如果我写侦探小说，指定比他们好。

@ 爸爸爱喜禾：咖啡馆邻座的女孩在哭，我想她肯定遇到伤心的事了。我要不要走过去跟她说："我儿子是自闭症，我也很伤心。要不咱俩去开个房抱在一起痛哭？！"

@ 爸爸爱喜禾：喜禾的脑子里住着一个怪物，控制了他。我脑子里其实住了一个小流氓。

@ 爸爸爱喜禾：每天说喜禾那点事，很多人对喜禾有了兴趣，今天有人提出要抱抱他——"抱一下五块，照相十块"。我得赶紧去做一块牌子。

@ 爸爸爱喜禾：我给喜禾未来的弟弟妹妹都起了名字：喜麦、喜葵、喜稻、喜米……估计喜禾不会有弟弟妹妹了。有个女生问将来她生宝宝可以用喜禾弟弟妹妹的名字吗？我的基因不好，抱歉不能跟你生孩子，也只能送你孩子一个名字了。

@ **爸爸爱喜禾**：我不打算再生了，有人问，领养呢？不！我只喜欢自己制造，我希望我的儿子生下来就带个胎记——"Made in Caichunzhu"。

@ **爸爸爱喜禾**：有个朋友说他表哥近亲结婚，第一个小孩中标了；李嘉诚是近亲结婚，所以两个小孩……我父亲年轻时去我老婆的老家出过差吗？我要好好查查。

16 幼儿园记

@ **爸爸爱喜禾**：一次参加幼儿园的亲子活动。其中一环是自我介绍：我叫某某某，我今年两岁；我叫某某某，我今年两岁半。每一个孩子都显得活泼聪明，而喜禾打一进教室就挣扎着要出去，最后他得逞了。老婆双眼通红，幼儿园的老师过来安慰："没事的没事的。"当时我脑子里涌现出王国维的一句话："经此世变，义无再辱。"

@ **爸爸爱喜禾**：儿子将来还是要上普通幼儿园的。为儿子前途计，前几天去一幼儿园咨询，没敢说自闭症，只说发育迟缓，结果被一口回绝。回绝没关系，你也多问几句，比方你孩子现在什么情况。出幼儿园，看着敞开的大门我毫不犹豫选择了翻墙。我是要让他们为刚才的决定击掌——看这个父亲，幸亏没答应收这个孩子。

@ 爸爸爱喜禾：带喜禾去一家私立的幼儿园面试。这次有经验了，隐瞒事实，什么都不说。老师问："喜禾还不会说话？"老婆说："他爸爸五岁才说话，遗传。"老师又说："发现喜禾不喜欢跟小朋友玩！"老婆说："他爸爸也不喜欢跟小朋友玩。"废话，我都快四十的人了，还跟小朋友玩？

@ 爸爸爱喜禾：老师说："喜禾说话就像一个外国人。"确实，喜禾说话音调比较怪，就像电视广告里面的外国人。我不能欺骗老师说喜禾在瑞士长大，所以我说："喜禾是姥姥带大的，姥姥是新疆人。"

@ 爸爸爱喜禾：总之，面试是通过了，比想象的顺利。本来我以为要拿刀抵着一个老师的脖子，跟警方谈判："我就一个要求，让我儿子上幼儿园！"这次虽然没用上，还有小学初中呢，以后有的是机会。路迢迢其修远兮，吾将执刀而求学。

@ 爸爸爱喜禾：老师说去医院做个体检，合格就可入园了。体检项目里有让他叫"爸爸"这一项吗？忐忑！

@ **爸爸爱喜禾**：化验室，等着抽血的小孩一个个吓得鬼哭狼嚎救命讨饶，家长们越哄孩子越哭。我儿子不怕打针因为不知道疼。我真想上去跟那些家长说："当初我让你们都生一个自闭症小孩，你们不听，现在后悔了吧！晚了。"

@ **爸爸爱喜禾**：抽完血我们一家三口出来，享受旁边那些家长们的注目礼——谁说享不到自闭症孩子的福了？谁说的？！

@ **爸爸爱喜禾**：在医院把钱包弄丢了。忘了在里面放一张字条："我儿子是自闭症，可怜可怜我吧。"

@ **爸爸爱喜禾**：拿到了儿子的体检结果："体健，可入园"。是不是还少写了一句话："你们是怎么把小孩照顾的这么好的？"

@ **爸爸爱喜禾**：下周喜禾就要去上幼儿园了。这幼儿园有福了，将来会被挂上"喜禾母校"的牌子，供人参观，拆迁办都没办法。

@ 爸爸爱喜禾：喜禾要上幼儿园了，只打了个电话告诉喜禾的爷爷奶奶，是不是太不讲究了？应该安排一支队伍敲锣打鼓去我老家，拿上一个扩音器，到村口就喊："恭喜老员外贺喜老员外，你的孙儿喜禾一举夺魁成为幼儿园的一员。"

@ 爸爸爱喜禾：想着喜禾要上幼儿园了，兴奋地睡不着。上次从医院检查回来发现喜禾是自闭症，也是睡不着。怎么就做不到宠辱不惊呢？瞧这点出息！

@ 爸爸爱喜禾：今天是喜禾上幼儿园第一天，效果如何？参见《西游记》第五回："乱蟠桃大圣偷丹 反天宫诸神捉怪"。

@ 爸爸爱喜禾：喜禾在幼儿园的表现？怎么说呢？我想起曾经玩过一次遥控汽车，遥控器卡住了，小汽车失去指挥又停不下来，直到没电。

@ 爸爸洗喜禾：你说幼儿园的这些小朋友，三块小饼干你们还这么斯文？如果不是喜禾妈妈拉住了喜禾，你们到嘴的最多也就半块。小朋友从喜禾身上学到了第一个人生经验：吃小点心的时候要小心点。

@ **爸爸爱喜禾**：犬子师法甘地，在幼儿园发起了一场"非暴力不合作"运动，身先士卒，令幼儿园当局感到头疼。

@ **爸爸爱喜禾**：入园前我们没有跟园方如实交底，我们撒谎了。撒谎是不好，但我们这次撒谎是为了喜禾以后能成为跟我们一样的人，包括会撒谎。

@ **爸爸爱喜禾**：幼儿园有博客，每天会把学习活动的照片登出来。一幅照片是小孩围坐听老师讲故事；一幅照片是小孩集体活动。就是都找不到我儿子。这几天他都去了啊！可他在哪儿呢？最后还是从一个小女孩的视线中发现了儿子的踪迹——小女孩扭头看向画外——画外我儿子在干什么呢？

@ **爸爸爱喜禾**：儿子每天背着一个小书包，装模作样去上课。他背书包的样子太可爱了，就像背着一个炸药包。风萧萧兮易水寒……

@ **爸爸爱喜禾**："太阳当空照，花儿对我笑，小鸟说早早早，你为什么背上炸药包？我要炸学校，老师不知道，一拉线儿，我就跑，轰隆一声，学校炸没了……"

@ **爸爸爱喜禾**：实在隐瞒不下去了,今天跟幼儿园的老师如实说了喜禾的情况。老师说:"既然喜禾是个特殊的孩子,那以后我们要给他更多关爱。"蔡琴有首歌怎么唱的:"啊,有情天地,我满心欢喜。"

@ **爸爸爱喜禾**：老师知道喜禾的情况后,让别的小朋友排队跟喜禾打招呼:"喜禾你好!"但儿子不搭理,一时很尴尬。我跟老师解释:"老师,在家里我们都是说'首长好!'的。"

@ **爸爸爱喜禾**：老师说喜禾更应该去康复机构问我为什么不送去? 我说跟普通小孩在一起对他更好。其实后面还有一句我没说出来——他就知道自己差在哪里了。知道自己差在哪里,希望他奋起直追。当然他不想追也不勉强。

@ **爸爸爱喜禾**：幼儿园的老师太好了,虽然她结婚了,可我还是忍不住想给她介绍对象。

@ **爸爸爱喜禾**：儿子幼儿园毕业那天,我听到他这样说:"我叫喜禾,我跟你们不一样,我是自闭症,这是我为什么取得第一名的原因。"——我想一下不犯法吧。

@ **爸爸爱喜禾**：他对呼唤有反应了；他会说话了；他上幼儿园了。从私心来说，喜禾好了我就不能抖段子展示我的小聪明了，每天看到他都在进步我就不由得生气，有什么好办法能阻止他呢？

@ **爸爸爱喜禾**：有句话怎么说的——"喜禾的进步成长是大势所趋，任何逆历史潮流而动的反动势力，都是螳臂挡车，自取灭亡！"

17 "自闭症之父"

@ **爸爸爱喜禾**："之父"之类都很伟大吧，"电灯之父"、"电话之父"、"杂交水稻之父"、"中国航天之父"……我从来没想过能跟他们并肩，作为"自闭症之父"，在这里我要感谢我的儿子。

@ **爸爸爱喜禾**：有个朋友私信我说，我都V了，粉丝过万，以后要拿出社会责任感。这位朋友提醒了我，一会儿我就去把扔在墙角的烟头丢进垃圾桶。

@ **爸爸爱喜禾**：这几天突然受很多人关注，心态都没法端正了。有人问"六·一"我给儿子什么礼物，我的第一念头是：儿子会喜欢一个新妈妈吗？唉，我就是这么轻浮。

@ **爸爸爱喜禾**：天气热起来了，但就算再热，我都绝不在儿子面前光膀子，穿衣服是基本的文明。此外——儿子太爱揪我奶子，那个疼啊，不敢不穿。

@ **爸爸爱喜禾**：儿子以前不喜欢玩具，现在就喜欢一件玩具——玩具铲子。铲子就像长在他手上，从不离手。儿子铲地的时候，装模作样的样子很像植树节期间的领导干部，应该通知"新闻联播"的。

@ **爸爸爱喜禾**：儿子，看咱们谁先到家，他继续往前跑。他不可能有我快，我只要转个身，他却要绕地球一圈。

@ **爸爸爱喜禾**：申明一下：犬子叫喜禾。经常很多人对我安慰鼓励，说得我热泪盈眶，最后他们话锋一转：嘉禾会好的。原来不是对我说的啊，当时那个臊，我说我何德何能，值得你如此真心如此热情。

@ **爸爸爱喜禾**：给儿子写一本小书，赚点小钱，为的就是帮儿子换一个头了。我一定找美国最好的医院最好的医生，给他换一个最好的头。

@ **爸爸爱喜禾**：我一辈子都在跟我父亲对着干，没有让他满意过，这次我一定让他满意一回。既然他喜欢不锈钢，我会给他孙子换个不锈钢的头。

@ **爸爸爱喜禾**：有人说我借儿子出名。我确实想借儿子出名，因为他下半辈子可能不能自己赚钱，我出名出点书赚点钱，让他下半辈子好过点。你们就原谅我吧。不原谅你们可以打我一顿，但不能打敏感部位，因为那会让你害羞的。再说我的书也是有字的，不是骗人。

@ **爸爸爱喜禾**：我这么高调地公开自己的儿子是自闭症，确实很矛盾。很多人都不愿意把自己的儿子推到前台。我想试试，看结果会如何。不好，就再往前推他一把，推到坑里去。

@ **爸爸爱喜禾**：一位网名叫"炮灰"的朋友跟我说，我把儿子推出来为更多自闭症儿童打开了一个窗口……我想问他的是："你的网名是特意为我儿子起的吗？"

@ **爸爸爱喜禾**：下军旗，我信奉进攻是最好的防御。公开是不是对我儿子最好的保护呢？对了，下军旗我输得很惨。

@ **爸爸爱喜禾**：我做这一切都是为了儿子，本来不想这么高调。希望儿子知道这一切后，能在背上刻上"精忠报父"。这样他才能对得起爸爸。

@ **爸爸爱喜禾**：儿子确实有艺术方面的天才，昨天创作的一幅作品，寓意深刻，对这个拜金主义的社会做出了最尖锐深刻的忧虑和批判——你们猜是什么？提示一下：我儿子每天都要创作这么一幅作品，有时一天两幅。受凉的时候创作欲望更是强烈，一天数十幅。

@ **爸爸爱喜禾**：广州三院的邹小兵教授说，自闭症孩子和普通孩子的兴奋区域不同，看到妈妈，普通孩子会扑到妈妈怀里叫"妈妈"，自闭症孩子会更关注妈妈衬衫上的扣子。看来我也有问题，见到女性我也会下意识关注她胸前的扣子，尤其她还没扣好。

@ **爸爸爱喜禾**：邹教授一再强调自闭症越早发现、越早干预越好……是怕家长打不过十八岁后的孩子吗？

@ **爸爸爱喜禾**：邹教授还说，对于自闭症患者要永不言弃。所谓永不言弃，我的理解是，有些事可说不可做，有些事情可做不可说。

@ **爸爸爱喜禾**：我儿子每天在客厅跑来跑去就没停下来的时候，你说，我能利用他的动能发电吗？

@ **爸爸爱喜禾**：有些情绪过去了就再也回不来，所以趁那些情绪还有的时候赶紧记录下来。我很羡慕当初，那时情绪饱满得很，下笔就是《离骚》，现在只剩下"你骚"。

"他们说我生活在另一个星球,可是我还没见过另一个星球呢!它长什么样,是像爸爸还是像妈妈?"

"因为爸爸太胆小,所以以后我不会有弟弟妹妹了。虽然我没有弟弟妹妹,但是我有弟弟妹妹的名字,他们分别是:喜麦、喜稻、喜谷、喜葵、喜豆、喜米……"

一个父亲的猜想

喜禾篇

1 爸爸

对,就是这个满嘴烟味的家伙,就是他对我喊"爸爸"的。你看你看,又来了……

他是我爸爸,他们说的。他们有证据吗?

好吧,他是我爸爸。但是为什么他又总是跑到我面前朝我叫爸爸呢?我长得像爸爸?

他好怪,一下对我喊我爸爸,一下让我叫他爸爸。其实我本来想叫他爸爸的,但我决定,我不叫了,等他自己先把这个问题想清楚了再说吧。

其实,我不喜欢叫"爸爸",我更喜欢叫"哈哈"、"发发"、"哇哇"、"啊啊"。我不知道我为什么不喜欢说"爸爸"。我想,是不是他们老让我说"爸爸",里面有什么阴谋?所以我才不喜欢说的?!对,就是这个原因了。

"我叫喜禾,我两岁了。"这也是他们让我说的,说了才有饼干吃。我可以说出"我叫",我可以说出"喜禾",但我不喜欢连在一起说,这让我喘不上气来。可是他们偏得要我四个字连在一起说,说了才有饼干吃。虽然我也想吃饼干,但我也是有骨气的。我更喜欢上下坡,我不跟你们玩了,我下坡去。他们只要看到我不跟他们玩了就急了,赶紧就给我饼干吃。早给我吃多好,现在觍着脸求我吃,那我还真不客气了。

有时候我会看到那个自称妈妈的人躲在角落里哭泣。我在想是不是她男朋友不要她了,才这么伤心?后来我才知道,她儿子得了自闭症。但他们说我就是她的儿子,那就是说我得了自闭症?我不喜欢骂人,可是我听到这样的话真想骂脏话。我才不是什么自闭症呢!

其实我也不知道什么是自闭症,开始我以为自闭症是辣椒水,因为他们一说自闭症就会掉眼泪。后来知道不是,辣椒水不只是掉眼泪,还要咳嗽。他们不咳嗽,所以不是。我现在还是不知道自闭症是什么东东,但是我知道是不好的,因为经常看到他们几个为要不要跟别人说自闭症吵起来。如果是好的,比方我刚生下的时候,他们就打电话发短信,恨不得全天下的人都知道他们生了个儿子。生个儿子有什么了不起的,我想生随时都可以生,不过我今天没时间。

我时间很宝贵的,我要玩转圈,我要玩摇头,我要玩跺脚尖，我还要检查家里所有的锅盖壶盖——看它们是不是不那么圆了。我太忙了，我忙得都没时间咬自己的手指甲了，三分钟没咬，我觉得又长长了。

我本来还想多说几句的，但看到那个自称爸爸的人居然有时间看报纸，我那么忙他那么悠闲，我得给他找点事情干，对，我在身上拉屎……"嗯"、"哦"、"呜啊"。你们看到没有，那个自称爸爸的人扔掉报纸，向我跑过来了……

万岁！

2 妈妈

我还没叫过"妈妈"呢!我叫过"爸爸"。我叫"爸爸"是因为爸爸比妈妈烦,一天到晚缠着我,我受不了了就叫一声,这样就能打发他走。走了好远还听见他在说:"老婆,儿子叫我爸爸了。"叫你爸爸不是喜欢你,是因为你更烦。

别的爸爸妈妈都会问他们的宝贝:"你喜欢爸爸还是喜欢妈妈?"但是我的爸爸妈妈从来就没问过我,他们认为我不知道吧!其实我知道。饼干在妈妈手上的时候,我喜欢妈妈多一点,饼干在爸爸手上,但是妈妈又不同意给……这时我谁都不喜欢,我只喜欢哭。我也很想他们这么问我:"喜禾,你是喜欢爸爸还是喜欢妈妈?"哪怕就一次。我确实不知道我更喜欢谁,但他们问都不问,他们从心底看不起我。

妈妈比爸爸还没有文化,上午她拿着香蕉问我:"喜禾,这是什么？"我说："香蕉。"下午她就忘了，又问："喜禾，这是什么？"光香蕉我就告诉过她多少遍了？她怎么就记不住呢？将来我做了爸爸，一定会做一个合格的家长，至少我不会问这种蠢问题。

不知道医生跟妈妈说了什么，反正那天他们谈话之后，妈妈就不上班了。妈妈不上班，我的日子就不好过了，她一天到晚让我学习。我认识卡车，我认识小猫，我认识菠菜……我非得告诉你吗？我不说妈妈就一直问："喜禾，这是什么？喜禾，这又是什么？"

我知道很多东西但是我不说。我知道电视机，我知道电视机的亲戚是遥控器。我知道遥控器可以用来关电视。其实不用遥控器也能关电视——把电源拔掉。但是他们都不知道，我就是这么关电视的。

妈妈总是担心我，有一天妈妈问爸爸，等他们死了我怎么办？其实我早就有答案了——他们死了，我把他们埋了。妈妈有一天把我搂在怀里说："喜禾，你怎么是这样呢？"这个话好奇怪，又不是我把自己生出来的，是她把我生出来的，她还来问我！我也不知道自己怎么是这样，我也不知道自己究竟是哪样，我跟别的小朋友比，没什么不同。反倒是他们不一样，你说周围这么多小朋友，有哪个妈妈不上班不工作？她怎么就这么懒呢？

3 朋友

我有朋友。爸爸妈妈总跟别人说我不喜欢朋友,不知道他们为什么要这么说。

朋友太小了,不注意你是看不见他们的。爸爸就看不见,经常一屁股坐到他们身上。爸爸有时看见了还是一屁股坐到他们身上。妈妈能看见,妈妈看见了就用嘴吹,一吹他们就知道走了,就不会被坐到了。姥姥不喜欢他们,经常用鸡毛掸子赶,还用拖把拖。自从姥姥来了以后,朋友的日子就不好过了,原来他们躺在爸爸的书架上睡懒觉,在爸爸的刷牙杯里裸泳,在爸爸的台灯罩上晒电灯……现在都不行了,姥姥每天都想赶他们走,他们唯一安全的地方,就是爸爸的电脑键盘。

昨天我认识了一个新朋友,我偷偷把他带回家里来了。爸爸给我饼干吃,我掉地上了,我又捡起来。朋友就这样攀在饼干上了。爸爸说脏了,不能吃。我不吃,我装起来,带回家。

藏在哪里姥姥才不会发现他呢?吊扇上很安全,还能荡秋千,但我不够高。门缝里很安全,但我的手太大了伸不进去……家里这么大,但是却放不下我的朋友,我很伤心。

我经常伤心,我一伤心就哭。姥姥跟爸爸说:"你儿子总是莫名其妙地哭得很伤心。"爸爸跟医生说:"我儿子总是莫名其妙地哭得很伤心。"医生跟爸爸说:"那是因为你儿子有病。"

我不喜欢那个医生,我不想跟他说话,我就想吃他的笔。医生说:"看看,这也是病症。"他们都不理解我,只有朋友理解我。我在地上打滚,妈妈说:"让他打滚谁也别扶他,一会儿就好了。"这时朋友都过来了,爬到我脸上衣服上耳孔里,虽然他们不说话但我知道他们心疼我。

我喜欢我的朋友,每天只想站在那里,安静地看着他们,看一天都行。爸爸总是说:"他又发呆了。"他们不理解我,我也不理解他们。朋友多可爱啊,你们就不能跟我一样,站在那里,安安静静地看看他们,哪怕一次?

我还没说我带回来的新朋友呢,你猜我最后把他藏在哪里了?我把他藏在肚子里了。吃饼干的时候,我趁爸爸妈妈没注意,连饼干一起把他吃下去了。

4 奶奶

奶奶住在电话机里。爸爸总是拿着电话跟我说:"喜禾,来叫奶奶。"奶奶那该多小啊。个子那么小吃饭也应该不多吧,一根香蕉够她吃一年吗?

奶奶不是总住在电话机里,有一次爸爸还收拾衣服准备带我回湖南见奶奶呢。没去成。后来姥姥跟爸爸说:"你是不是觉得把儿子带回去丢人?"

什么叫丢人?

丢人大概是很严重的吧。我看到爸爸急了,爸爸说我没有觉得光荣但也不会觉得丢人。姥姥说:"看,还是觉得丢人。"

丢人应该很严重。上次我丢了饼干,我都觉得世界末日到了。

世界末日是什么?

世界末日应该很严重吧。那天爸爸从医院出来，爸爸说，真希望今天是世界末日。

　　我还没见过我奶奶呢。他们说，我长得像奶奶。

　　爸爸不喜欢奶奶，我猜的。因为爸爸给奶奶打电话的时候总是很凶："行了行了我不想说了！""再说这些有用吗？""不知道，过一天算一天吧。"

　　我不喜欢爸爸这么跟奶奶说话，不是因为我喜欢奶奶，她都没给我吃过饼干，我怎么能喜欢她？

　　我不喜欢爸爸跟奶奶这么说话，是因为，爸爸说完之后，很久很久都不会理我，自己去窗户边抽烟，抽很多烟（备注：烟没有饼干好吃，我尝过）。

　　我什么时候才能看到奶奶呢？

　　奶奶说，明年她过七十岁生日的时候希望我们回去。过生日就有蛋糕吃，我好想吃蛋糕。

　　为什么要等到明年呢？明天不行吗？

5 另一个星球

他们经常说,我生活在另一个星球。可是另一个星球在哪里呢?

我告诉你们一个秘密,布娃娃的肚子里都是布。这是我在找另一个星球的时候发现的。他们说我生活在另一个星球,可是我还没见过另一个星球呢!它长什么样?是像爸爸还是像妈妈?我就像爸爸。有一个阿姨问爸爸:"你儿子像你吗?"爸爸说:"像,尤其是性别。"

妈妈说我眼睛像她,我知道眼睛在哪里是什么。但爸爸说我的性别像他……性别在哪里呢?识图卡上面没有性别。

另一个星球不在妈妈的包里。今天我又翻了。我才没有失望呢,因为我翻出了比另一个星球更好的东西——巧克力。再告诉你们一个秘密:吃巧克力最好用两个手指抓——你不喜欢五个手指同时被牙齿咬到吧。可是为什么没有人早点儿告诉我呢？

爸爸的包里没有巧克力，只有纸巾。妈妈用两个手指小心翼翼捏着纸巾，嘴里还说："擦过鼻涕的纸怎么还放包里？"爸爸说："当时没有垃圾桶，我不能乱扔在路上吧。"妈妈说："那也不能放进包里。"爸爸说："当时没有垃圾桶，我不能乱扔在路上吧。"

爸爸最厉害了，妈妈问一百句，爸爸都是一句。妈妈问："你爱我吗？"爸爸说："我爱你妈！"妈妈说："严肃点，你爱我吗？"爸爸说："我爱你妈！"妈妈说："好好说话，再问你一遍，你爱我吗？"爸爸说："我爱你妈！"后来妈妈就不再问了。妈妈不问，爸爸就着急了。

再告诉你们一个秘密，妈妈说话多的时候爸爸不怕她，妈妈只要不说话爸爸就害怕了。

我还是没找到另一个星球，能找的地方我都找了。其实我知道另一个星球藏在哪里，但是他们都不让我去找。今天我刚伸手，就被爸爸抱走了。然后听见爸爸说："妈，喜禾又要去抓屎。"

6 你们猜

爸爸自己从衣柜后面出来了,他不太高兴。

其实我都把他找出来三次了,刚找出来他又去那里躲了起来。我是想再找他的,但是厨房的门开了。厨房的门经常是锁起来的。

一只手能抓几个鸡蛋,你们猜?

杯子最多可以变成多少片,你们猜?

土豆可以生吃吗,你们猜?

饮水机会自动不流水吗,你们猜?

菜刀和手指比谁更厉害,你们猜?

我和小狗谁先在垃圾桶里找到鸡骨头,你们猜?

抠插座眼会被电死吗,你们猜?

我最多可以吃多少根带皮香蕉,你们猜?

……

其实我全都可以告诉你们答案的,要是爸爸在衣柜后面睡着了的话。现在我只能告诉你们三个。

是哪三个,你们猜?

7 天才儿子 白痴爸爸

香蕉在桌子上，我够不着，我就扯桌布。我只要香蕉，不要盘子，不要杯子，是他们自己要掉下来的。

姥姥说："跟你们说多少次桌子上别放东西……"

妈妈说："创可贴到底放哪了？我的手指被打碎的杯子划出血了。"

爸爸说："知道想办法，我的儿子跟猩猩一样聪明了。"

……

你们看出来了吗？姥姥总是在抱怨，妈妈说话总是吼，只有爸爸总是夸我。爸爸说我是天才。

有几天爸爸嘴里冒出很多人名：爱因斯坦、爱迪生、牛顿、莫扎特、陈景润……爸爸说，他们跟我一样。他们跟我一样的意思，是不是说，他们够不着桌子上的香蕉，也会扯桌布？他们也像猩猩一样的聪明?

爸爸说,爱迪生发明了电灯,我儿子发现了电灯;

爸爸说,爱因斯坦发明了原子弹,我儿子发明了粪弹;

爸爸说,牛顿被苹果砸到发现了万有引力定律,我儿子被苹果砸到……了吗?

……

我没有被苹果砸到,但是爸爸却被拖把砸到了。妈妈说:"做什么天才梦呢?去把喜禾的尿擦了。"爸爸拿着拖把没擦尿,他在感叹——天才就是天才,你看他尿的尿——是一张中国地图呢!

爸爸不知从哪里听说有个跟我一样的人,一盒牙签洒在地上,他只要看一眼就知道是多少根。爸爸为了验证我是不是天才,也把牙签盒丢地上,牙签洒了一地。

我没说出多少根牙签,因为我没有机会。爸爸刚把牙签都洒到地上,妈妈就跟他吵了起来。所以很遗憾,我也不知道自己是不是天才。

我是不是天才不知道,但我知道爸爸是什么——白痴。妈妈说的。

8 太姥姥

从她的脚底板到她的头发，或者从她的头发到脚底板，要多久？

我不会爬只能躺的时候，我认为是一万年；

我会匍匐爬的时候，是半天；

我会跪着爬的时候，是三秒；

后来我会走路了……我就没兴趣了。

她躺了多久了？爸爸说九年，妈妈说八年，姥姥说，其实是七年。我来到这个世界上她就躺在那里了，所以他们说的都不对，是一万年。

遥控汽车真没意思，咬一口动都不会动。她不一样，我在她手腕上咬一口，她的嘴唇动了动；我在她嘴唇上咬一口，她的手腕动了动。我能对着手腕嘴唇同时咬一口吗？

你们不用试了,我的答案是:不能。

他们跟爸爸说,我还小,现在什么都看不出来,别太早下结论。是的,谁说我不能同时咬手腕和嘴唇。我还没长大呢,别太早下结论。

今天我又发现一个新目标:她的鼻子。等我长大,我要同时咬她的嘴唇手腕还有鼻子。但是今天姥姥对我说:"以后不许咬你太姥姥了。"

她是我太姥姥。

9 我和我的弟弟妹妹

我叫喜禾。名字是爸爸起的,爸爸说,希望我将来能做一个欢欢喜喜的庄稼人。

什么是庄稼人?什么又是欢欢喜喜的庄稼人?我从来没问过爸爸。因为,我还不会说话。但是我知道我叫喜禾。

我不是一开始就知道我叫喜禾的。

一岁的时候他们叫:"喜禾!喜禾!"

一岁半的时候他们叫:"喜禾!喜禾!"

两岁的时候他们叫:"喜禾!喜禾!"

……

我听到了吗?我听到爸爸的头发在分岔,我听到苹果在变软,我听到妈妈衣服上的扣子碰到了腰带,我听到水管里的水在流又不流接着又回流,我还听到一只烟头正向地面降落很快就要滑过我家的窗子。我也听到了"喜禾喜禾！"，但是一点都不好玩，所以我听不到。

后来，我听到爸爸说："带他去医院看看吧。"

爸爸说完后，听到姥姥说："你们要是认为他有病你们就去吧。"

姥姥说完后，听到妈妈对姥姥吼："你以为我们愿意他有病？！"

我不是聋子但跟聋子一样，我听不到爸爸妈妈在叫我，我也不知道我叫喜禾。

这是以前。

现在，我知道自己叫喜禾。

爸爸叫："喜禾！"我扑哧扑哧跑过去了。因为爸爸手里有饼干。

妈妈叫："喜禾！"我犹豫了一下，还是扑哧扑哧跑过去了。妈妈手里有时候有饼干。

姥姥叫："喜禾！"姥姥手里没有饼干，但是姥姥最爱我，我扑哧扑哧跑过去了。

小狗叫："汪汪汪！"它最不喜欢我揪它尾巴，我最喜欢揪它尾巴，我扑哧扑哧跑过去了。

爸爸不但给我起了名字，他还给弟弟妹妹起好了名字，他们分别是：喜麦、喜稻、喜谷、喜葵、喜豆、喜米……

爸爸说，他要生一个大丰收。但是爸爸后来又改主意了。一个阿姨问爸爸："还打算再要一个吗？"爸爸看了看我，说："我还敢吗？"

因为爸爸太胆小，所以以后我不会有弟弟妹妹了。虽然我没有弟弟妹妹，但是我有弟弟妹妹的名字，他们分别是：喜麦、喜稻、喜谷、喜葵、喜豆、喜米……

10 姥姥

姥姥不一样。

老师说:"这是菠菜。"妈妈说:"这是菠菜。"爸爸说:"这是菠菜。"识图卡片上也说是菠菜。姥姥偏偏说:"这是农药。"姥姥还说,你们要吃农药是你们的事,但她的外孙子不吃,他要吃无污染的绿色食品。

我从来没跟爸爸妈妈姥姥在一个桌上吃过饭。姥姥单独给我买菜,姥姥单独给我做饭做菜,姥姥单独喂我吃。

爸爸说:"喜禾不能一辈子生活在真空环境里,他得适应。"妈妈说:"喜禾将来去了幼儿园怎么办?"姥姥说:"那是将来,只要在我身边一天,我就不能让他吃垃圾食品吃农药化肥吃激素。"

所以我都两岁多了,没吃过冰棍没吃过汉堡没吃过辣椒没吃过甜筒没吃过爆米花没吃过棒棒糖没吃过饭店的菜没吃过可乐鸡翅没吃过红烧肉没喝过可乐没喝过冰红茶没喝过酒……我没吃过的东西太多了，不如说我吃过的吧——我只吃过健康的食品。什么是健康的食品，爸爸说了不算，妈妈干脆不说，姥姥说了才算。

姥姥说，三文鱼是深海里的没有污染可以吃；

姥姥说，鸡蛋是爸爸从老家坐飞机带回来的可以吃；

姥姥说，椰子汁是天然的没污染可以吃；

姥姥说，菠菜是从超市的绿色柜台买的可以吃。

……

我每天就吃这些。姥姥每次喂我吃之前都要让爸爸尝一口，姥姥说："尝尝你儿子的饭菜，好不好吃？"爸爸皱着眉头说："好吃。"爸爸跟妈妈说："儿子太可怜了，就没吃过什么好吃的东西。"妈妈跟爸爸说："走，我们出去吃好吃的。"

我还得吃姥姥做的。

姥姥把我照顾得这么好，但是他们却说我有病。姥姥很伤心。但是姥姥很快又打起了精神，姥姥说："以后让喜禾吃得更健康更有营养。"不用爸爸解释我也知道，就是说，以后我的饭菜只会越来越难吃。

11 我瘦了

我瘦了。爸爸说的。
姥姥说:"瘦了吗?"
爸爸说:"是瘦了。"
姥姥说:"没看出来。"
爸爸说:"你天天跟他在一起当然看不出来。"
姥姥说:"你也天天跟他在一起。"
……
爸爸抱着我站到体重计上:161斤。
爸爸把我交给妈妈,自己又站到体重计上:129斤。
我和爸爸的161斤减去爸爸自己的129斤,就是我的重量。
161-129=?
爸爸问妈妈:"计算器在哪里?"

我瘦了三两。

妈妈说:"千万不能让他再胖了。"

姥姥说:"是啊,他都这样了,再一胖……"

爸爸说:"他怎么就胖了?"

姥姥说:"你还好意思说,尽看见你给他吃东西了。"

妈妈说:"以后家里面只有我可以给他吃东西。"

……

以后,只有妈妈才能给我吃东西。吃妈妈的东西太难了,我要告诉她什么是香蕉、汽车、飞机、西瓜、茄子、卡车、电脑、牛奶、柠檬、椅子、杯子、电话、眼镜、鼻子、花、花瓶、葡萄、水壶……

吃爸爸的东西最容易了。

爸爸问:"喜禾,要不要吃饼干,先跟爸爸说这是什么?"

爸爸手里拿的有时是苹果有时是遥控器有时是眼镜有时是图画书……不管爸爸拿的是什么,我都能答对。

我说:"哇哇。"

爸爸说:"真棒!"

我就有饼干了。就是这么简单。

爸爸有时也会跟妈妈吵。

爸爸说:"他回答问题了,老师说这个时候要奖励他。"

妈妈说:"他怎么答的?"

爸爸就不说话了。

我怎么答的——"哇哇!"

我不能胖,因为我跟别的小朋友不一样,我是自闭症。哇哇!

12 爸爸也瘦了

爸爸也瘦了,是最近的事。

有个阿姨对爸爸说:"怎么瘦得这么厉害?别太为孩子的事伤心了。"

有个叔叔对爸爸说:"靠,啤酒肚呢?终于知道什么叫操心了吧。"

有个姑姑对爸爸说:"这几条裤子的腰围都要改?那你得周末才能取了。"

妈妈对爸爸说:"怎么他们都说你瘦了,是不是有什么问题啊?要不要去医院检查一下?"

爸爸对妈妈说:"发神经啊!"

但是爸爸一会儿就偷偷去了书房,悄悄打开了电脑。突然变瘦,是不是什么征兆?他要好好查查。

爸爸瘦了。是因为我。

我太重了。爸爸抱我下楼；爸爸抱我去菜市场；爸爸又抱我去菜市场，抱着我跟阿姨吵架："你看我手里有苦瓜吗？我刚才忘了拿……"

我太重了。爸爸因为老抱我，所以累瘦了。是这样的吗？妈妈还每天抱我去幼儿园呢！

妈妈跟姥姥抱我更多，怎么她们没瘦？

所以，爸爸瘦了，不是因为抱我。那是什么原因呢？

我现在还想不出来，也许，我吃一块饼干就能想出来了。

我吃完了，还是没想出来。可能，我还要再吃一块饼干吧。

爸爸瘦了，肯定是因为我。

爸爸说："儿子啊，你是世界上最有效的减肥药。"

有个阿姨总是说："哎呀，我又胖了……哎呀我要减肥……哎呀为什么瘦不下去，有没有什么好的减肥药？"

爸爸，让我给阿姨做儿子吧。

13 小鸡鸡

我能说说我的小鸡鸡吗?

哦。

不能。

14 我的悲伤

我就不能悲伤吗?

我最喜欢的饼干被我弄碎了,我很悲伤,我把它们埋了起来,埋在肚子里。

我最喜欢的杯盖被我打碎了,我很悲伤,我把它们埋了起来,埋在肚子里。

我最喜欢的图片书被我撕碎了,我很悲伤,我把它们埋了起来,有的埋在肚子里,有的埋在嘴里。

我最喜欢的 DVD 被我弄坏了,我很悲伤,我没有办法把它埋起来。

我悲伤的时候就哇哇大哭,就算给我吃饼干……我吃了,但我还是悲伤。

我为什么这么悲伤?我都能咬到自己的脚趾头——对了,

你能咬到自己的脚趾头吗?我能!那你能吃到脚趾甲吗?我能!那你能把吃的脚趾甲再吐出来吗?你真的吐出来了?傻瓜,脚趾甲虽然没有饼干好吃,但是……其实也跟饼干一样好吃。

我都能咬到自己的脚趾头了,为什么我还这么悲伤呢?

不是因为看天线宝宝。

坐在那里看天线宝宝的时候我突然哭了,哭得很悲伤。姥姥赶紧把电视机关了。

不是因为玩积木。

妈妈和我玩积木的时候我突然哭了,哭得很悲伤。妈妈赶紧不玩了。

不是因为爸爸看报纸。

爸爸在看报纸的时候我突然哭了,哭得很悲伤。爸爸赶紧放下报纸。

爸爸问妈妈:"喜禾为什么哭得这么悲伤?"

妈妈问姥姥:"喜禾为什么哭得这么悲伤?"

姥姥说:"谁知道呢?"

我也想问我,为什么这么悲伤呢?

可是我看不见我,我躲在哪里呢?

15 我知道很多

我不喜欢小朋友,很简单,他们太无知了。
"爸爸,这是什么?"
"爸爸,这是为什么?"
"妈妈,这是什么?妈妈,这是为什么?"
真无知。
我们家不一样——
爸爸问我:"喜禾,这是什么?"
妈妈问我:"喜禾,这是什么?"
姥姥问我:"喜禾,这是什么?"
……
没有饼干吃的时候真不想告诉他们。
爸爸问我:"喜禾,我是谁?"

妈妈问我:"喜禾,我是谁?"
姥姥问我:"喜禾,我是谁?"
……

他们太可怜了,不知道自己是谁,每天都要来问我。可是,我也不是每次都记得住啊!有时我也会忘。所以,我想不起来他们是谁的那一天,他们就恍恍惚惚哭哭啼啼。记住你们自己是谁就很难吗?你们也不小了。我每天都记得我是谁,我是喜禾。

有一天我老了不在了,你们怎么办啊?想到这里我就吃不下三碗饭了。

我是喜禾,我知道很多。

爸爸给我穿鞋子我就知道是要带我出去玩了。爸爸给我穿不上鞋子我就知道他要向妈妈求救了。爸爸给我穿上鞋子又脱下我就知道他把左右穿反了。

我真的知道很多:烟头不能吃,树枝不好吃,石头吃不动。饼干可以吃但要看饼干在谁手里。在妈妈手里吃到可难了。拿勺子能吃到饭但是拿手能吃到一粒粒的饭……对了,鼻子不会吃饭。嘴巴不但能吃饭还能咬人。但不能咬小狗,小狗的毛太难吃了。小狗的毛粘在脸上你知道怎么弄掉吗?我告诉你——等爸爸过来亲我的时候就掉了。你们也有爸爸吗?有几个?

他们说我跟别的小朋友很不一样,我知道他们为什么这么说,因为,我知道很多很多。

16 我写的第一首诗《爸》

《爸》
爸
爸爸
爸爸爸爸爸
爸爸爸
爸
爸爸爸爸爸爸爸
爸爸爸爸爸爸爸爸爸爸
爸爸爸爸爸爸爸爸爸爸爸爸爸爸爸爸爸爸爸爸
爸
爸爸爸爸爸
爸

爸
爸爸爸
爸
……

这首诗我是在爸爸的怀里写的,爸爸走得太快了。

他怎么回事,把我的便便弄的身上都是,鼻子上都粘了一点。

我本来可以写更长的,但是爸爸到家了。

17 圆

爸爸给我买的四个轮胎我都很喜欢。轮胎装在遥控小车上，我拆了下来，累坏我了。

他们说，我喜欢轮胎，因为轮胎是圆的。只有三个轮胎是圆的，有一个不是，早晨它还是圆的。

杯盖也是圆的，所以我喜欢。但是打碎的杯盖我不喜欢，但是我喜欢打碎杯盖。但是爸爸不喜欢打碎的杯盖，爸爸也不喜欢打碎杯盖。爸爸喜欢什么呢？

除了我。

爸爸还喜欢什么呢？

爸爸吐的烟也是圆的，爸爸喜欢吐烟。所以爸爸也是喜欢圆的，他只是不想让别人知道。我会替爸爸保密的。

小狗的眼珠子也是圆的，所以我喜欢。我抠不下来，它不让我抠。姥姥也不让我抠,妈妈也不让我抠。爸爸让我抠。爸爸说:"没事的。"

我只喜欢圆的吗?

小狗的尾巴不是圆的,为什么我也喜欢呢?

爸爸说,他要吃成一个圆形,让我喜欢。

那得吃多少饼干啊!

18 我去动物园

我喜欢去动物园,因为去动物园是爸爸开车。

有两种方法去动物园。第一种是走错路;第二种是走正确的路。爸爸只会第一种。

开着开着,爸爸说:"完了,应该从前面一个出口出的。"

爸爸又掉头,重新来。

开着开着,爸爸说:"靠,这个出口还不是!"

……

谁能同时吃早饭跟中饭吗?

我就能。

终于到了动物园,我可以吃中饭了,原来是打算到动物园后再吃早饭的。

我的中饭是小米粥和一个煮鸡蛋,大黑熊的中饭是爸爸的眼镜。

爸爸说:"我想到他可能会扔的。"

妈妈说:"你想到了还不抢过来。"

爸爸说:"没想到他动作这么快。"

……

我爱吃小米粥和鸡蛋,大黑熊不爱吃眼镜。大黑熊是不是生病了?

19 爸爸把饼干变没了!

知道我怎么把饼干变没有吗?

不是吃掉。

不是。

……

好吧,是吃掉。

但是爸爸真的会把饼干变没有。

爸爸回家了,我坐在餐椅上看电视,爸爸在门口换鞋的时候冲我喊:"喜禾!喜禾!"

我听不到。

我说了我在看电视。看电视的时候他们叫我我是听不到的。还有,我在玩壶盖的时候也听不到,我撕图画书的时候也听不到,我吃手机的时候也听不到,我揪小狗尾巴的时候也听不到,我跑来跑去的时候也听不到,我不跑来跑去的时候也听不到。还有,我咬手指甲的时候听不到我咬脚趾甲的时候也听不到我开开关的时候听不到我玩马桶的时候听不到我被抽屉夹到手指头的时候听不到……但是现在我听到了。爸爸说:"喜禾,看,这是什么?"

饼干!爸爸手里拿着的是饼干。

我说:"饼干。"

爸爸说:"你要吗?"

我说:"要要。"

妈妈说:"怎么一到家就给他吃东西!"

爸爸又说:"喜禾,看,这是什么?"

打火机!

爸爸把我的饼干变成了打火机。

我真伤心。

妈妈说:"就知道给他吃东西。"

爸爸说:"给他点儿吃的他多开心。"

妈妈说:"你又说他怎么这么胖。"

爸爸说:"胖了是不好。"

妈妈说:"你又总给他吃。"

爸爸说:"给他点儿吃的他多开心。"

有时候,我真的听不懂他们在说什么。

爸爸还会把打火机变成饼干。

爸爸说:"宝贝,别哭了——看,这是什么?"

是饼干,比刚才还多了一块。

妈妈说:"你还没洗手吧就给他饼干?"

爸爸说:"他连烟头都吃。"

妈妈说:"跟你说了多少次回家先洗手。"

爸爸说:"他连土都吃。"

妈妈说:"给他吃东西你怎么不洗手?"

爸爸说:"他连狗屎都吃。"

……

他们说我不会说话。

我会说话,我只是不喜欢跟他们一样说话。

无聊。

20 爸爸的神奇裤兜

知道怎么把饼干变成很多饼干吗?

不是掰。

不是咬。

不是踩。

……

你真傻。我不会告诉你们的,告诉你们,你们也会变了。

我还是忍不住想告诉你们,其实很简单,把饼干放进爸爸的裤兜里,然后,饼干在爸爸的裤兜里就会生出更多饼干了。

生出的不完全都是饼干,还有别的:半截香烟、打火机、硬币、钥匙、瓜子壳、塑料袋、擦过鼻涕的纸巾、包口香糖的纸巾、没有擦过鼻涕的纸巾……爸爸的裤兜最神奇了。

走着走着我不走了,爸爸就会把手伸进他的裤兜里。爸爸掏出一粒葡萄干。葡萄干是什么颜色的?

不是绿色。

不是黄色。

爸爸的葡萄干是黑色的。

爸爸把葡萄干给我时又拿回去吹了吹,吹到地上了。爸爸捡起来,又吹了吹。这次没给我,他放进自己嘴里嚼巴嚼巴。我哭了。

爸爸赶紧又把手伸进裤兜里。我不哭了,眼巴巴看着。

爸爸掏出一团纸巾。

只是一团纸巾。我又哭了。

爸爸打开纸巾。出门之前我看到他包了一块饼干的,我不哭了,眼巴巴看着。

爸爸打开纸巾,里面什么都没有。饼干去哪了?我哭了。

爸爸赶紧又翻裤兜,翻出饼干来了。饼干碎了,也更多了。爸爸把其他东西很仔细地一点点地剔除掉。虽然饼干最后变瘦了,但爸爸把饼干塞进我嘴里的时候,我还是很开心。

自闭症不是性格孤僻内向；
自闭症不是因为家长养育方式不当；
自闭症不会有一天突然不自闭了；

不是多跟自闭症患者说话、交流，他就会康复；
和自闭症孩子在一起不会让另一个孩子得自闭症；

自闭症的
十万个为什么

为什么他跟我们不一样？

在讲什么是自闭症前，先讲几个"不是"：

自闭症不是性格孤僻内向；

自闭症不是因为家长养育方式不当；

自闭症不会有一天突然不自闭了；

不是多跟自闭症患者说话、交流，他就会康复；

和自闭症孩子在一起不会让另一个孩子得自闭症；

不是所有自闭症都是天才，你们班上多少人能考上北大，自闭症人群中就有多少天才，比例大致相当。

……

现在讲什么是自闭症？

"自闭症是一种先天脑部功能受损伤而引起的发展障碍……"这句话让我松了一口气，盖因其中的"先天"二字，

"先天"的说法相当于一份免责声明:"瞧,我就说这事跟我们带他没关系"。我准备把自闭症的释义刻在菜刀上,以后谁再跟我说自闭症是后天原因什么的,我就把菜刀拿出来。

自闭症患者的缺陷主要体现在三个部分:沟通障碍、人际关系障碍、刻板行为。细说起来就多了,对呼唤没反应、对外界没兴趣、行为刻板重复、兴趣狭窄、没有语言……判断一个孩子是不是自闭症,最好的办法是把他拉到游乐场,观察同龄孩子在干什么,会干什么,而他又在干什么,会干什么。自闭症的孩子在人群中就像水桶中的一滴油。

自闭症的发病原因至今不明,各种说法都有,遗传基因、免疫系统、环境因素、孕期发生的事件……我曾经当面请教过一位专家,专家说:说不清楚。我说:我听得很清楚,你口音还没我厉害。这个时代斩钉截铁的专家多了,还很少听到承认自己不知道、说不清楚的专家,就冲这一点,必须点赞。

自闭症的康复治疗是最有争议的一块,就因为发病原因不清楚,给了很多人发挥的空间,我知道的就有ABA、地板时光、生物疗法、游戏疗法、艺术疗法,祖国医学不甘示弱赤膊上阵,针灸推拿拔火罐,看家本领全使出来了。动物们也凑热闹,其中以海豚、狗表现为最。

钱是我辛苦赚来的,没那么好骗。儿子是我亲儿子,才不给你们当小白鼠。我的经验是:越是信誓旦旦、言之凿凿地号称能治愈、已治愈多少自闭症的,八九不离十都是骗子。我就把话放这里了,你来打我啊。

他在被诊断为自闭症之前与之后是同一个孩子;他首先是一个孩子,然后才是自闭症。

谨记。

为什么叫他名字没有反应?

我多次试图进入儿子的世界而未果,不是因为他的鼻孔太小爬不进去。无论悲伤或者开心,他都是独自一人承受,谁都没有能力去分享、分担,尽管他就在你怀里。这感觉就像发廊每天循环播放的歌曲:得到你的人却得不到你心,就算得到全世界也不开心。他就在你怀里大哭或大笑,却不能与他同喜同悲,这是为人父者,最大的憾事。

我想知道他所思所想,所忧所虑,所喜所欢,却不得其门而入。

一个失语者,尽管他不会说话,你要进入他的世界相对容易点——不是因为他鼻孔够大。想知道他的世界什么样,你可以试着一天不说话。一天不说话,虽然上下唇不会因此长成一片,但你确实会感觉到不便,至少晚上的KTV你就不打算去了。但不妨碍你跟这个世界的交流,对你喜欢的那个女孩,你可以用眼神表白,眼神不明确,可以加上一条眉毛。你还可以假装手无意碰到了她。一天下来,除了唱KTV,基本上都什么都不耽误。

以此类推,闭上眼睛你就能体验失明者的生活,捂住耳朵就能体验失聪者的生活,这都是进入他们世界的渠道、方式。我儿子不是不会说话,不是听不见,不是看不见……他视力还好得很,一次还从我的黄色衣服上找到了一根黄色的长头发,吓坏我了。

对完全不了解自闭症的人,很难说清楚。还是打比方容易一点:就像一个不知道电影这项发明、一辈子从未看过电影的人,突然看到银幕上活灵活现的人,热情地招呼他们来家吃饭。我儿子和我们的关系,就是电影里的人和头一次看电影的人。

后来请教一位相关专业的博士,我儿子为什么会是这样?
博士说,别说话,安静听一会,看你都听到了什么。
一分钟后,我说,我什么都没听到。
博士说,放尊重点,把你的手拿开……好,你继续听。
这时,我听到旁边的男子给要离婚的女士支招,谁正在掰指关节？有人冲马桶，空调声原来是这么大的？谁把杯子放桌上了？从世界尽头传来的高跟鞋声！他们说的是哪里的方言？皮革椅子的咯吱声，谁吞唾沫了？

这只是你听到，你能听到的。还有，你看到的，触摸到的，嗅到的……

据说人的大脑一秒钟接收到的外界信息(听觉、视觉、触觉、嗅觉等)有上万个，但是我们普通人接收到的极少极少，或者根本收不到——别着急投诉，不是你信号不好。每个人的大脑都有一个类似"老干部审查"的机构，所有信息都要经他手筛查一遍，这样保证你听到、看到、闻到、触到的都是有效信息。但是，我儿子大脑中的负责审查的老干部疗养去了，或者从来就没来过。外界所有的信息，不分青红皂白、不加甄别的一股脑的向他涌去，排山倒海风卷残云，泥沙俱下滚滚不断……

这个世界原来这么蛮横不讲道理。

为了保护自己，他能做的就是果取关，拉黑全世界——可怜的他的父亲，无辜被牵连。在他的世界里，不会因为你是我爸爸，你的声音就比狗啃骨头的声音更尊贵更重要。

所以，为何我们叫他的名字，他总是没有反应！

为什么他总在动?

有一次为了赶一个活,我接连灌了自己好几杯咖啡。次日交不出稿就可以理直气壮:对不起,本人喝太多咖啡已经暴毙。如果是打电话,千万记得提前录音,人死了是不能打电话的,也不能拔火罐。

连喝几杯咖啡后,明显感觉自己身体受人操控,我想站起来,有个声音命令我躺下。我躺下,他又命令我起来走几步。自己跟自己打架,一定要拼出个你死我活。惶恐,非常的惶恐。感觉像是末日将近。

生命中有过我最懂我儿子的时刻吗?现在我能回答,有,而且懂得很深。

儿子在机构上了一天课,大夏天的坐一个多小时公交车回家,还是站着的,到家后就在房间里跑来跑去,窗口瞅几眼,又跑到沙发上，屁股没坐稳，又爬起来，挥着双手在屋子俯冲……时时如是，日日如此。

原来我们不理解，为什么他就不能像别的孩子一样，老老实实坐在沙发上看会《托马斯小火车》，为什么就不能安安静静玩玩爸爸的手机……别绷着了，说你累了没人会嘲笑，焦裕禄同志！

他自己并不想这样，他也是身不由己。他何尝不想停下来歇一歇，就像范伟说的，"我也忙了一年了，我也想过一个消停年啦，老姑。"但是他被他人所操控，至于遥控器，他生下来后我们就没见到过。他跑来跑去动来动去时，脸上的神情还会让人误会他多喜欢这样似的。

为什么会这样?

我们每个人除了视、嗅、听、触、味五种基本感官知觉外,还有一种,但鲜为人知:感觉统合,简称感统。

你闭着眼睛也能知道自己是躺着还是站着,是正的还是歪的,伸出的是腿还是手。不用照镜子也知道自己耳朵在哪儿嘴在哪儿,脚被蚊子咬了,不用眼睛看,手就能准确挠到……这是因为,我们大脑中有一张自己身体的地图,大脑可以随时掌握身体的任何部位。所以,男人小便时眼睛总是盯着天花板,潜台词就是"我这张地图真好使",而一个总是尿到自己或者别人裤脚上的男人,就会陷入一种"怎么我的地图还是674年的"沮丧中。

我们干任何一件事情或者不干任何一件事情,大多是在不知不觉下进行的,想喝水,手自然的伸过去拿杯子,杯子到嘴边时口自然就张开了……反过来，当你要喝水，每一个动作都需要大脑单独来提示——目标：喝水。现在请伸出你的手接近水杯……右手你捣什么乱。重下一遍命令：目标：喝水。现在请伸出你的左手，拿起水杯。水杯拿到，往嘴边送。请唇注意配合，及时打开……

看上去很好笑。实际上，这就是我儿子的情况……可能，我说得有点儿夸张。他就像刚下宇航飞船，还不适应地球的引力，走路时横冲直撞，重心不稳，随时都可能被自己的影子绊倒。他拿筷子或者抓东西，就像戴着帆布手套去拣地上的绿豆……怎么看都别扭、艰难。

我们总听见家长抱怨自己自闭症的孩子学点东西很困难，试着问一下自己，你踩着高跷走在羊肠小道，旁边就是万丈悬崖，你戴着厚重的帆布手套在拣绿豆，这个时候同时让你学东西，你又能学到多少？

你有能力做到的事不意味着我也能做到。

我们生来彷徨。

为什么他不看你的眼睛？

跟别人说话时，看着对方的眼睛尤为重要——"她的双眼皮好假，还是算了吧。"你不止省下了割双眼皮的手术费，还有纱布。

在自闭症的诸多行为特征中，不跟人对视，是其中重要一项。他们为什么不跟人对视？在回答这个问题之前，先说一下我自己的感受，据说，我跟人谈话时，也是不看人眼睛的。

是我妻子先发现的，一天，她说，你也不看人眼睛。我说，胡说什么。她说，能看着我说话吗？我眼睛看向她——原来她长这样。（这句话的正确理解是：长得还不错嘛——希望她会看到这篇文章——妻子你好！）

我并不是从来不看人眼睛，多年前一个女孩跟我说：蔡，能别这么看我吗？我感觉自己没穿衣服。实事求是地说，她不是没穿,而是穿多了——在我眼里,亲属之外的女人,任何时候都觉得她们衣服穿多了。只有我一个人是这么想的吗?

我为什么不愿意看对方眼睛?当我看对方眼睛时,有个声音在脑子里回荡:"看他眼睛!看他眼睛!"这时我就会走神,再也没办法听清我们的谈话,也不能去埋单。其次,别人的眼睛,仿佛一条深邃幽暗无尽的隧道,非常诡异,对视超过五秒,感觉就像坠入深渊,这时必须移开眼睛看别的,提醒自己:我只是在游乐场的恐怖洞。另外还有一点,当我看着对方眼睛时,控制不住地想抛媚眼。

我儿子不愿看人眼睛,是不是有上述原因,不得而知,但有一点很明确:眼睛可以传递语言无法传递的信息,这些信息主要就是情感和社会信息。而这两块自闭症患者理解起来先天不足,他这台286的CPU处理不了这些信息时,会感受到巨大的压力。就像对面飞过来飞镖,江湖高手轻松接住,一般人非得吓坏了。于是逃避、躲闪就成了最佳的选择。

另一方面,有的自闭症患者不是不看人眼睛,而是看了跟没看一样,视若无物。道理一样,当他读不到你眼睛里包含的巨大信息,看你的眼睛跟看一个锅盖没区别时,他就无惧了。我儿子通常就是这么看我的。他分明看着你却跟没看到你一样,这时你感受到的是被无视、藐视的侮辱。你左腾右闪欲证明你的存在,这更像是你上蹿下跳想挡住姚明的视线。

能挡住姚明视线的唯有他的眼皮。

为什么他不是天才?

喜禾有天才吗?

我的回答是:没有。至少目前没有,连一些能称之为预兆、迹象的都没有。

何谓天才?简单地说就是天赋才能,你生下来就有别人没有的、通过后天的利用发展成为了一种特别的能力。能被称之为"天才"的能力,必须能被人看或听到:比方你能在心里默背出 1000 位的圆周率,别人听不到则不能算,再多加两位数也不管用。其次,还要在大家理解范围之内,试图用刀片在手腕上演奏出《小苹果》,只会被人当成愚蠢、有病。不是换首曲子的问题。其实我还真不像你想的那么讨厌《小苹果》,只要你不是用手机外放出来。

自闭症和天才的关系，就相当于你在麦当劳买了一份薯条，搭配了一份番茄酱。你并没有要番茄酱，但这是不言而喻的。喜禾被诊断为自闭症后我信了主，一天晚上我愁肠百结，问主：你既然把喜禾安排成了一个自闭症，你是不是忘给他什么了？主说：要几袋？我说：我不是要番茄酱。主仁慈地说：三袋够吗？

当我看到电视上那些会背日历，会记字典，无师自通会弹钢琴，还能心算出多少位加减乘除的自闭症孩子，我愤愤不平：为什么我只有番茄酱？

大家对自闭症患者身上天才的期盼，更多是希望你从手帕里变出鸽子。一旦你没变出来，他们的表情明白无误地告诉你：感觉都不会再爱了。

基于可以理解的虚荣心，我曾经企图在喜禾身上寻找出天才的迹象。是不是有什么东西被我放过去了？我仔细检查了他的裤兜。

我还给他买了一架电子琴以及一顶帽子——一曲奏毕，说不定会有人扔钱，帽子就派上用场了。他在电子琴面前的表现还算可以，考虑到后来几个音符他是用舌头弹奏的，可以打50分。

我还送他去了一个美术班。三个月后，我跟漂亮的美术老师打得火热。她好像并不在意我有家室、孩子，第一期学习还没结束，我又赶紧报了第二期。

喜禾身为自闭症却没有天才，不是孤例。相反，喜禾代表了自闭症的大多数。美国疾病防控中心的调查报告显示，很大一部分自闭症儿童存在智力缺陷，智力正常或者有着出众智商的自闭症儿童的比重只有三分之一，只有很少一部分自闭症儿童呈现某一方面的"天才能力"。当你认为自闭症患者都具备某方面的"天才能力"，对大多数不具备"天才能力"的自闭症患者而言就是一种不公平。

而且这个某方面的"天才能力"，在我看来也是存疑的。从1943年第一例自闭症患者确诊至今，几十年时间过去，如果自闭症有天才，曾经的天才现在在哪儿，作品在哪儿？况且这些"天才"也不是一直都存在的，当一个有天才的自闭症患者，经过干预后，越接近普通人，他天才的部分就会逐渐消失。

自闭症患者独特的感知觉，在他们身上更容易发现类似"天才"的东西，这些天赋才能弥足珍贵，更需要珍惜呵护。运用到了"对"的事情上面才能叫天才，否则就会沦为变鸽子之类的杂耍。

为什么他没有感情？

每天我下班回家,他不会像别的小孩一样跑上来打招呼,无论我动静多大,他都不会瞅我一眼。但也有例外,一次我回家——他不在家!

一开始这种感觉很不好受,日子久了……还是不好受。"时间是最好的疗伤药",说这句话的人肯定没有表。时间未必能疗伤,只会让人感觉到饿。但我拿不准马王堆的女人复活后的第一句话究竟是"我的妆全毁了"还是"好饿"!

"自闭症患者没有感情。"我听很多自闭症患者家长这么说过。

一位妈妈从自行车上摔下,不能动弹,他儿子在一边若无其事地看着后来觉得无聊先走了;一位妈妈累倒在地,她儿子从她身上跨了过去……诸如这般的事例很多。最近的一项调查研究更是从科学上证实了自闭患者确实没有感情：一位不慎被电击的自闭患者没有去跟亲人们一一告别，而是第一时间晕倒。

我们所说的感情其实指的是移情，即设身处地地站在他人位置上体验他人感情的能力，所谓的感同身受。

关于"感同身受"我想多说几句，一位刚当了妈妈的家长看了我的书，同情我的遭遇，给我留言：感同身受。一年半后她儿子诊断为自闭症再次留言：我现在真的感同身受。就是说，她上次是在骗我。

感同身受很难，我就感受不到姚明坐在一辆QQ车里的痛苦，王思聪也感受不到我每个月的房贷压力，但国际空间站里宇航员的痛苦我是真的感同身受：不能抽烟，憋死了。

六个月的婴儿看到大人愤怒和悲伤时，会皱眉头、哭泣，但是一个六岁的自闭症患者可能连大人都不看一眼。不是他们"内心世界"缺乏情感，是他们不会模仿我们的表达来表达他们自己的情感。他们的移情能力很有限，高兴、悲伤这些还行，复杂一点的，什么自豪、尴尬、窘迫，理解表达起来就太难了。像"朋友妻不可欺"这种高段位的移情他们看来简直是无理：是因为她的衣服会起静电吗？

我儿子有感情但很难表达出来，只有当他做错了事——一次他穿着衣服跳进浴缸,说了他两句后他紧紧搂着我哭了一个小时,怎么安慰都不管用。他也会为做错事而羞愧、不安,他更担心影响到他跟我的感情……

　　我有那么小心眼吗?

为什么他对人没兴趣？

横在我面前的一个永恒难题，就是如何给他一个生日惊喜。他似乎不会被任何人为的事物惊喜（惊吓）到。我躲在沙发下，在他经过时冷不丁怪叫一声蹿出来，尽管你都快贴到脸上了，他还是看不到你。有时看到了你——他更像是提前一周就知道了你会从沙发底下蹿出来。对他扮鬼脸毫无意义，他觉得理当如此——你就应该长这样。好在不用担心尴尬，他压根就不知道你把事情弄砸了。

在我的一本书里我哀怨地感叹，在他眼里我还不如一块抹布。很快，有一天我看到他对着一块抹布亲热。他难道偷看了书故意刺激我？

我究竟比一块抹布差在哪里——是因为我不会吸水？

在回答为什么他对人没兴趣之前,不妨先想一下,为什么我们会对人有兴趣?

我们对同类的兴趣,无外乎生存和生殖——一群人中你最先发现的往往是最漂亮的那个——跟最优秀的人结合繁衍后代的可能性更大。但随后你发现最有钱的恰恰是最不好看的那个——是千年后你的血脉依旧在还是当下开上一辆英菲尼迪QX60……孰轻孰重?你陷入了两难。

对同类有关注和吸引的本能,是动物维持种群的基本保障。越是社会化的动物,自然界进化出来的这项技能越强。对于他们来说,没有同类的本能意识,这可以解释为什么在他们看来人和任何一种生物没有区别。

我突然蹲出还是对他扮鬼脸,无非是想吸引他注意。他是我的同类,更是我的儿子。

他就真的一点都不渴望被同类注意?

在南戴河,小朋友在沙滩上好不容易堆起来的城堡,他一脚踩了过去;在朋友家,朋友儿子搭的积木,他走过去一把推倒——他没有能力光明正大地吸引别人注意,转而用"破坏""激怒别人"的行为渴望别人的关注。恭喜他,他成功了。

还有一次带他去游泳,儿童泳池加上他十来个,他在里面算是比较大的。小朋友争先抢后在玩滑梯,跟以前一样,他在一边自己玩自己的。玩着玩着,他就朝滑梯那边过去了,趴在滑梯口。我把他牵走,没多一会儿,他又去了。

他静静地趴在滑梯入口,挡住了上行的通道。小朋友上去时只能从他身边绕过,性急的还会推搡一下。他趴在那里,咪咪笑着。当小朋友从他身边经过,被碰到、踩到,甚至推搡,他觉得他也是游戏人员中的一分子。

他不知道游戏规则不知道如何参与。但他用他的方式,参与了一次跟小朋友的滑梯狂欢。

为什么他不说话?

我经常陷入这样的尴尬之中:
"他会说话吗?"
"他不会说话。"
"你不是说他会说话吗?"
"他是会说话……但是,他不会说话。"
……

估计此时对方已经不关心我儿子了,而是在想我是不是有问题。

我知道对方所谓的"会说话"是什么意思——会用语言跟你交流吗?

"说话"有两个必要条件:说话的人和倾听的人。没有对象的说话,只能称之为自言自语。有了谈话对象,但如果你在谈话对象来之前的半个小时就已经说上了,这还是自言自语。

其次,一次成功的对话,必须激发对方的反应。几句话后对方就开始撸袖子上桌子摔杯子……除了说对方修养不好容易被激怒,从效果而言,确实是一次成功的对话。语言的目的是为了交流,换言之,如果能够交流,任何方式都可以是语言。

咖啡馆里,她往他大腿上一坐,背后的语言清晰易懂:我很轻浮。

咖啡馆里,我也往他大腿上一坐,背后的语言清晰易懂:是人都轻浮。

西游记我们都看过,孙悟空拜师学艺,师父在他头上轻巧敲三下,孙悟空当即领悟——师父手痒了。三更时给他房间送去了一副麻将。

我儿子总在碎碎念,怪声怪气的,什么白雪公主,什么人之初性本善……这些话语,既没有谈话对象,也没有形成交流。他把语言当成了乐器。

"说话"的前提是他得理解你的话,以及他能找到合适的词来回答。我跟儿子之间的"说话",通常是以我问他开始,他反问我为终,不超过两个回合:

我:这是谁?

他:这是谁?

我：这是奶奶。

他：这是奶奶？

……

很多时候他能理解你的话，只是没办法回答出来：他们词汇量有限，准确找到相对应的词需要一定运气；找到了这个词未必就能立即说出来，他们极容易被其他事情分心：比方问话中某个词的发音吸引了他们，你问话时蹦出的唾沫、你的唇形，你听不见但是他能听见的声音……一旦分心，再想回答，这个词已经失联。这个时候他又不得不回答，仿说是最省力的方式。此外，也可能抓救命稻草一样，想起哪个词就说哪个——他这时的回答更像是表态：爸爸，对不起，我尽力了。

我跟我儿子，勉强称得上交流的对话也有，他看到某样东西，当时恰好能想起来叫什么（谢天谢地），说了出来，之后就眼巴巴地期待我的回应：

"西红柿。"

"对，西红柿。"

"西红柿。"

"对，又大又红的西红柿。"

"西红柿。"

"对，又大又红又甜的西红柿。"

……

然后,他满心欢喜意犹未尽,就像女孩看了他写的纸条还答应了他。后来我想到一个问题,既然他从一次有限的交流中得到的愉悦、享受那么多,那么深,那也能想到,当他回答不出问题,没办法交流,他的沮丧、懊恼,以及对自己的痛恨、厌恶……

我该如何存在?

为什么他是最好的公民?

"他是最好的公民!"

在写下这个题目时我妻子都听到了我的笑声,她当时正堵在四环路上,立即打电话来问我笑是怎么回事,还有洗衣机的衣服晾了没有。

大多数自闭症患者连基本的社会规范都不懂,居然说他们是最好的公民……嗯,这是我写过的最好的段子。

我儿子五岁才学会撒尿前先脱裤子——别问之前他是怎么做的,更别问他大便呢?!你把我弄得这么难堪,你父母知道吗?

我儿子会脱裤子撒尿后,有一次带他去游泳,我观察到,他在水中撒尿时也必须把裤子脱掉(泳池是公共场所,在里面撒尿不应该)——说明他不理解脱裤子撒尿的道理,尽管他不理解，但是一旦成了习惯，他会不打折扣地执行。

还有一件事，他知道垃圾必须扔在垃圾桶。一次在外头，周围几里都看不到一个垃圾桶，他拿着冰棍纸就是不丢，期间我多次暗示，这个角落已经有人扔了垃圾，而且根本不会被人发现——环卫工人最讨厌知识分子，知识分子知道乱扔烟头没有公德——所以他们把烟头藏在花丛砖缝里，更难清理。我儿子拿着冰棍纸，执着地寻找垃圾桶……

这就是他们这群孩子的特点，不知道变通，不懂得灵活处理，负面的说法叫刻板，正面的说法……还在搜集中。

刻板不一定就是不好，二战后迅速崛起的德国和日本，他们民族性格都以刻板、认真著称。尤其当你面对的是并不需要灵机一动、随机应变、看碟下菜的规章制度。规章制度不是"应当"，而是"必须"。红灯时就是不能过马路，想象自己是搁浅的海豚打着滚过去也不行。

自闭症患者学会一件东西很困难，尤其社会规范。但是他们一旦学会了，就会不打折扣地执行，轻易不会改变。因为规律、秩序让他们生活更有安全感、信心，变化则意味着天下大乱。他们的字典里没有"灵活处理""随机应变""投机取巧"……

所以说，他们是最好的公民——前提是，他已经学会遵守了规章制度。

经常被人问到，如何才能帮助自闭症患者？一个规章制度健全而且人人都能遵守的社会，他们活得更自在、更有信心。你我不去违反、破坏规章制度，就是对他们的帮助。

中国式过马路就会让他们崩溃、抓狂，"如果他们是对的那就是我错了！""为什么我错了？我该怎么办？"……何种情况之下的红灯时仍然可以过马路，远远超出了他们的理解能力。

为什么说他跟你一样?

喜禾是两岁的时候,在北大六院诊断为自闭症的。

儿子是自闭症对我的打击大不大?大,非常大,像是后面突然钻出一人,对准你的脑袋砸了一棍子……更惨的是,你还醒来了。

我曾经有过不切实际的希望,那会儿我听说爱因斯坦、莫扎特、比尔·盖茨都是自闭症。但是到后来,现实越来越清晰,也越来越残酷,喜禾成为爱因斯坦,理论上只有一种可能:去派出所给他改个名字。

虽然喜禾不可能成为爱因斯坦——不完全是因为派出所不同意改名,主要还是他天资不够,除了患有自闭症,他跟你我一样,就是一个普通的孩子。

这三年多来喜禾一直在康复机构,除了在青岛待了一年半,大部分时间都在北京一家康复机构学习。前几天我还跟他老师汇报,喜禾最近进步很大,姥姥问他游泳怎么游,他听懂了,还用小手比画了一下。

这些进步,在别人看来可能不值一提,但我恨不得奔走相告。点滴进步来之不易,一方面归功于机构、老师,主要还是他自己——他要是不学,你也拿他没办法。好在喜禾一直就是个听话乖巧的孩子。

这几年断续有人给我介绍某种方法或者某个大师,迄今为止自闭症连发病原因都不清楚,所有的方法都是摸着石头过河。作为一个普通家长,不可能一一去尝试、甄别。但我还是感谢每一个给我提供信息的人。无论哪个家长选择了何种方法,动机都是为孩子好。但对喜禾的康复干预,我有几个坚持:

不激进:任何事都没有捷径,自闭症的康复也不例外。

相信医学:虽然医学上对自闭症也是束手无策——那就更要谨慎了。

宁可保守:如果一个方法很有效但可能威胁到我儿子的身心健康,宁可不用。归根结底,我没有那么迫切要改变他。

对,我最早送他去机构的目的就是改变他。三年下来,我已经不谈改变。你连个肥都减不下,烟都戒不了,扪心自问,你又能改变多少?

不是改变，是改善。

不是每个人都有机会了解他的可爱，不是每个人都能像他爸爸妈妈一样包容他。通过干预、学习，让他明白哪些事能干，哪些事不能干，哪些事别人可以帮你，哪些事必须自己来。一句话，不指望人人都喜欢你，但尽量不要让人人都讨厌你。

一个招人喜欢的人会活得很好，一个不招别人讨厌的人活得不也会太坏。我们努力成为后者。

感谢网友、读者朋友，愿意看这些小文章，主动去了解喜禾和他的同类。多一个人对他们的了解，他们就能活得多一份自在、舒坦。

代表喜禾，感谢大家。

写给喜禾的一封信

喜禾小友：

你是我交的唯一的一个得"自闭症"的朋友，可能我也是你认识的唯一的一个有"抑郁症"的叔叔。

我很快乐，你呢？

我快乐是因为我不觉得跟别人一样是件好事，智商高的大猩猩都这样想。她生个小猩猩，一脸愁容，老猩猩过来劝道："没关系，刚生下来都有点儿像人，长长就好了。"

你没笑，这就是我喜欢你的地方，芸芸众生才会笑。

我最伤心的是不知道你有什么烦恼，因为那些骗子专家说，烦恼是人生的一个重要组成部分，那么就让那些骗子天天烦恼吧。

咱俩，天天，病并快乐着。

据说有一天，"自闭症"和"抑郁症"都能治好，你想治好吗？你不回答我，这正是我喜欢你的地方，换个人会不动脑子喊着说："想！"我猜不出你不想治的原因，我是因为要适当地对社会做些妥协，这个时代太有特点了，你没特点，就不能代表先进文化。

每天凌晨三到四点，是我站在阳台打量社会的时候，不想哭，不值得，不想笑，怕岔气儿。

我希望你撕纸的时候，有人能读懂那撕开的纸条的形状。但是你也别指望真的有人能读懂，因为信息过于丰富，只有毕加索、梵高等有数的几个人有这个能力。绝大部分人看到的就是碎纸。那是他们的见识与修养，或者说，那就是他们的人生。

你父母满嘴都是爱，总爱说对你的大爱如山，实在是俗不可耐。万一哪天你想说，千万别说穿，搭帮过日子，面子多少给一点，建议你轻轻地说："知道了。"

最后，告诉你一件俗世中天大的好事，白菜萝卜分部位吃的中石化独断经营的汽油要降价了！你看，那么多人欢呼，而你无动于衷，我就喜欢你这点，你跟别人不一样。

崔永元
二〇一一年夏

小蔡才是那个少年

蔡明

我在央视少儿频道的《吹牛大王历险记》里吹过很多牛:改变行星轨道、放牧一群云彩、对着月亮打喷嚏、喷出一座环形山……

如果上天可以让其中一件实现,我会毫不犹豫地说:"让我治愈自闭症吧!"

作为演员,我庆幸自己能在有限的人生里,体验各种不同的生活。我喜欢活在角色里,有时入戏太深,需要很长时间才能抽离出来。出来之后长出一口气:好在这只是一场戏。

但亲爱的小蔡,你怎么从你的人生中抽离出来?

对别人的不幸,任何安慰都是苍白的。你知道了,难过了,掬一把同情泪,感叹世事无常,命运坎坷,说点鼓励的话,都会过去的,前途是光明的。然后继续去过你自己的生活,留下他独自面对所有的问题。

每一天,每一分钟,每一秒钟,他都要面对一个孤独的孩子。孩子在一个孤独的宇宙里,他也在,人生从此改变。

但我惊异于小蔡的能量,我没想到他内心如此强大。

在我印象中,小蔡是个滑稽又内向、夸张又平和的人。他普通话很糟糕,为弥补这个缺陷,每次发表意见他都辅以各种肢体动作,然后不断肯定自己:"嗯,对。对。"

我说:"小蔡,你刚才说的我一句都没听懂,就听懂了个'对'。"他就憨笑,再说一遍,我还是听不懂。

他善于倾听,但当我跟别的主创有分歧,征求他的意见,他就突然听不懂普通话了。我知道这不是圆滑,是善良。他是网络名人,但一点都不偏激好斗,他用幽默化解一切。

如果没有发现喜禾得了自闭症,我会怀疑,这样一个善良、温和,有点儿羞怯的人,遇到人生的大变故,能否扛起责任,勇敢前行?

我知道一切语言都是无力的,只能用行动来帮助他。我的第一个反应是在微博上帮他转帖,希望找到合适的康复中心。

我看过一个故事:一个少年在海边,把海滩上搁浅的海星一只一只扔回大海。别人问他,这里有成千上万只海星,你只能救千分之一,万分之一,何必呢?少年回答:"但对于我救的这只海星,就是百分之百。"

我以为自己在充当少年的角色,但很快我发现:小蔡才是那个少年。

他在微博上不停发帖,记录孩子的每个日常细节;向网友普及儿童自闭症的知识,呼吁更多的人来关心这个群体;和同样命运的家长交流心得;转发各种相关的公益活动……

如果说,凡此种种,任何一个坚强的父亲都能做到。但有一点我相信只有小蔡能做到,那就是:幽默和乐观。

他一如既往地开玩笑,自娱自乐,文笔轻松,夹杂着不正经的小调笑。

命运露出獠牙,小蔡却把它当作一个微笑。

是啊,小蔡,用你的微笑改变世界,不要让世界改变你的微笑。

看着这些幽默的文字,我常常会心一笑,但更多的时候有流泪的冲动,我知道这下面蕴藏着多么深的情感,多么炽热的能量。

孩子是天使,带给父母无穷的快乐。而且,孩子是没有反义词的天使,一个孩子遇到不幸,绝不会变成魔鬼;带给父母的,也绝不只是痛苦,而是无穷的力量,撕碎命运的力量。

我相信每一个父母,跟我都有同样的体会。

看一个人,要看他对爱与死的态度。我看见了小蔡的父爱，也透过他的父爱，更认识了小蔡这个人。

最后，我想转帖（微博的词儿）一段话给小蔡，这是《基督山伯爵》尾声的一段话：

> 至于你，摩莱尔，我对你说一句知心话。世界上没有快乐或痛苦；只有一种状况与另一种状况的比较，只是如此而已。只有曾身受过最深切的悲哀的人，才最能体会最大的快乐。我们必须经验过死的痛苦，才能体会到生的快乐。

小蔡，真心希望更多人关注你的微博，也希望你用你的意志和决心，坚强地走下去。我们一直会伴随在你的身边。

后　记

儿子被诊断为自闭症,我面临的最大的质疑是:"你怎么还笑得出来?!"

同志,医生只是说我儿子是自闭症,没说我面部肌肉瘫痪,我怎么就笑不出来了?

听说过"恨人有笑人无"这句话吧,如今我有了个自闭症儿子你们没有,我更有资本有资格笑话你们。但我没有,因为我心善,算了。

对于自闭症儿童家长而言,谁家摊上这样的事都无异于一场地震。作为地震的受害者,我们会惊慌会绝望会哭,但我们也不能老哭,总得有中场休息,歇口气吃个饭打场麻将跟女同事调下情,这样的哭和绝望才是良性的可持续性的。不能涸泽而渔,你懂的。不能因为我们开始哭了就认为我们应该一直哭下去,更不能认为我们绝望过就会一直绝望下去。这个道理,你也懂的。

我实在没有时间绝望,我太忙了。儿子早晨六点起床,中间午睡两个小时,一直折腾到晚上九点才睡。儿子睡下后,深夜,忧伤如巨浪袭来,我悲观我绝望我老泪纵横——人类啊,就不能不发展核武器吗?儿子睡着还有醒来的时候,可人类啊,你们什么时候能醒来?

　　我知道一些不明真相的群众受了别有用心的人的蒙蔽,形成一个概念:"你看他儿子都自闭了,多不幸,他应该悲伤绝望,所以我们有义务同情他。"在他们给我植入坚强的时候,我抽空儿给他们讲了个笑话,他们吓坏了。

　　他们:"你儿子不是自闭症吗?"

　　我:"Yes."

　　他们:"那你还开玩笑?"

　　我:"……"

　　我没话说了。我没话说是因为英语我就知道一个"yes",不会说别的。

　　他们:"你知道你这样做的后果吗?"

　　我:"No."

　　其实英语我还知道"no",我骗你们了。I'm sorry.

　　他们:"你跳出了一个自闭症儿童家长的固定形象,剧本上不是这么写的——导演,这戏我们没法演了。"

　　……

我绝望但我不表演绝望，我伤心但我不表演伤心，原因很简单：我是编剧。

演戏另签合同！

很感谢大家对我儿子以及对我们家庭的关心关爱，你们是真诚的。无意亵渎你们的好心善意，之所以有上面那番对话，主要是为了说明：英语我也是会一点点的。Thank you!

我每天在微博上记录我儿子的生活点滴，不是炫耀，因为生个自闭症孩子不是一件多么了不起的事情，除非你特别想生这么一个孩子最后还如愿了，那我恭喜你。至于我，我是不明真相的，有一股不知来自哪里的反我势力在幕后操控着，我无能为力。

我每天在微博上记录儿子的生活点滴，不是自我美化——我确实想借这个平台，让普罗大众认识了解自闭症，从而理解宽容接纳这些孩子——无非是希望以后我儿子日子好过点，说到底，还是利己思想。看在我每天努力给你们讲笑话的份上，容我自私一下吧！

我不但写了微博，而且还要出本书，目的也很明确——赚点小钱。老婆工作都辞了，康复训练是要家长自己掏腰包的，所以你们就不要说我利欲熏心了。你们肯定会发动亲朋好友来买我的书，我相信你们有这个好心，更相信你们有这个能力。一箱是五十本,别多买。

帮我赚点小钱之外,我希望这本小书还能达成另一个目的:让更多的人理解接纳帮助自闭症孩子。不需要你们扶他过马路,甚至不需要你们捐款——自闭症儿童很特殊,他们理解不了我们的社会规范,因此会有很多与我们社会规范不符的行为,比如:突然抓了你孩子一下;突然在公共场所尖叫打滚;不知危险冲向你的汽车……这时,你做到不围观不起哄不看笑话,默默走开,这就是对他们最大的帮助。尤其是不要指责家长——"怎么带的孩子?会带孩子吗?知道他有病还不管好!"家长们太不容易了。

谢谢。

本书出版,在此我要感谢:

刘仪伟先生得知我儿情况,及时帮我联系到"北京星星雨教育研究所"的田惠萍校长和电影《海洋天堂》的导演薛晓路,还安排我们一起吃了顿饭,最后还是他买单。这么多年刘仪伟先生一直在帮我,但也不放过任何机会涮我——我尽量多给你机会就算我的回报。

蔡明老师利用她的影响力,很快给我介绍了几家自闭症的康复机构。蔡明老师一直关心着犬子。谢谢明姐。

崔永元先生给喜禾写了封信,我已念给儿子听。信里有很多双关语,儿子还小听不懂,日后我会一一解释给他听的。

周国平先生为本书做推荐。十多年前在北大听过周国平先生的讲座,这次周先生能为本书做推荐,也算是缘分。

"北京星星雨教育研究所"的王秀卿老师、吴良生老师,犬子在二位老师的帮助下,进步显著。

廖艳姿女士、家骏爸爸,在犬子刚被诊断为自闭症我惊慌失措悲观绝望时,这两位家长让我拥有了积极乐观的态度。

"北京星星雨教育研究所"田惠萍校长、"济南安安自闭症教育康复中心"由仲先生、北京市孤独症康复协会、"中国福基会金羽翼基金"张军茹老师以及各位家长。

特别是肯接纳犬子的绿蕊奇苊幼儿园,他们得知犬子情况,不是拒绝而是展开怀抱,非常感动。

抱歉这次没用上康康小朋友的画作,康康欣赏我的胡子,我欣赏康康的天才。我们惺惺相惜。

《爸爸爱喜禾》微博上所有支持和关爱着我们一家的朋友,我没能逐一回复你们的留言,但被你们的热情善良所感动。

所有的自闭症儿童家长朋友,我们一起迎接挑战,共同进步。

新星出版社刘刚先生、许冬薇女士。

我的好兄弟、好姐妹、良师益友们:胡吗个、胡小鹿、胡淑芬、胖胖、束焕、孙涛、胡赳赳、梅君、马浩宇、胡渝江、张建峰、老六、李宇蔓、沈格格、吕娜、晋溶、张小蕾、褚蕙颜、沈婷昭、瘦瘦、胡蕾、尤颖、余莹、张丹丹、张雯霁、项辉……还有更多朋友,恕我不能一一列出你们的名字。

我的家人,因为你们的支持,我没有垮。你们不一定要用钱来表示支持,但用钱更方便。

最后,感谢上苍,给我一个这么可爱的儿子,这么一个幸福的家庭。我明白了你的良苦用心。谢谢老头儿。

蔡春猪
二〇一一年六月

图书在版编目（CIP）数据

爸爸爱喜禾 / 蔡春猪著. -- 3版. -- 北京：新星出版社，2020.12
ISBN 978-7-5133-4188-2

Ⅰ.①爸… Ⅱ.①蔡… Ⅲ.①随笔-作品集-中国-当代 Ⅳ.①I267.1

中国版本图书馆CIP数据核字（2020）第200748号

爸爸爱喜禾（纪念版）

蔡春猪 著

责任编辑：汪 欣
责任印制：李珊珊
装帧设计：冷暖儿

出版发行：新星出版社
出 版 人：马汝军
社　　址：北京市西城区车公庄大街丙3号楼　　100044
网　　址：www.newstarpress.com
电　　话：010-88310888
传　　真：010-65270449
法律顾问：北京市岳成律师事务所

读者服务：010-88310811　　service@newstarpress.com
邮购地址：北京市西城区车公庄大街丙3号楼　　100044

印　　刷：北京天恒嘉业印刷有限公司
开　　本：787mm×1092mm　　1/32
印　　张：6.875
字　　数：118千字
版　　次：2020年12月第三版　　2020年12月第一次印刷
书　　号：ISBN 978-7-5133-4188-2
定　　价：38.00元

版权专有，侵权必究；如有质量问题，请与印刷厂联系调换。